英国ちいさな村の謎⑫

アガサ・レーズンと七人の嫌な女

M・C・ビートン　羽田詩津子 訳

Agatha Raisin and the Day the Floods Came

by M. C. Beaton

コージーブックス

AGATHA RAISIN AND THE DAY THE FLOODS CAME
by
M. C. Beaton

挿画／浦本典子

アガサ・レーズンと七人の嫌な女

アガサ・レーズンについて

アガサはバーミンガムのスラム街にある公営団地でスタイルズ夫妻のもとに生まれた。ミドルネームはない。キャロラインとかオリヴィアといったミドルネームが最低ふたつはほしかったのに、とのちのちアガサは残念でならなかった。両親のジョセフとマーガレットのスタイルズ夫妻はどちらも無職で飲んだくれだった。一家は生活保護のお金と、ときどき両親が発作的にする万引きでどうにか生活していた。

地元の小学校に通いはじめたとき、アガサはとても内気で繊細な子どもだったが、たちまち横柄で攻撃的な態度をとるようになり、他の生徒たちに敬遠されていた。

十五歳になると、両親はそろそろ娘に食い扶持《ぶち》を稼いでもらおうと考え、母親がビスケット工場の仕事を見つけてきた。ベルトコンベヤーで流れてくるビスケットの包みを検査する仕事だった。

家出できるだけのお金が貯まるとすぐに、アガサはロンドンに行き、ウェイトレスの仕事を見つけ、夜間クラスでコンピュータの使い方を勉強した。しかし、レストランのお客、ジミー・レーズンと恋に落ちてしまった。ジミーは黒髪で明るいブルーの目をした魅力たっぷりの男性で気前がよく、アガサの目にはお金持ちのように見えた。実はジミーは遊びのつもりだったのだが、アガサは彼に夢中になっていたのでどうしても結婚してほしいと迫った。

二人は結婚してフィンズベリー・パークの下宿屋の一室に引っ越したが、ジミーのお金はたちまち底を突いた(そもそも、お金をどこで手に入れていたのか、ジミーはとうとう口を割らなかった)。やがて彼は酒に溺れるようになり、アガサの暮らしは悪化の一途をたどった。

アガサには大きな野心があった。だから、ある晩、仕事から帰ってくるとジミーが酔っ払ってベッドに伸びていたので、荷物をまとめて逃げだす決心をした。

まず、PR会社の秘書の仕事を見つけた。節約に節約を重ねてお金を貯めたとき、幸運が舞いこみ、ついに自分自身の会社を経営するようになった。アガサは飴《あめ》と鞭《むち》を巧みに使い分けることができたおかげで、PR業界で大きな成功をおさめた。

だが、アガサには前々からの夢があった。子どもの頃、一度だけ両親にすばらしい休暇に連れていってもらい、コッツウォルズのコテージを一週間借りて過ごしたことがあった。そのすばらしい休日と美しい田舎の風景は忘れたことがなかった。

だから充分なお金が貯まると、早期引退をして、コッツウォルズのカースリー村にコテージを買ったのだった。

村のキッシュ・コンテストに、店で買ったキッシュを手作りのふりをして出品したときに殺人事件が起きたのがきっかけで、アガサは最初の探偵仕事をすることになった。コンテストの審査員が毒殺され、疑いをかけられたアガサは真犯人を見つけ、身の潔白を証明しなくてはならなくなったのだ。アガサの数々の冒険は〈英国ちいさな村の謎〉シリーズの第一巻『アガサ・レーズンの困った料理』と、それに続くシリーズ作品に描かれている。アガサは探偵仕事ではそこそこ成功をおさめているものの、恋愛の方は不運続きだ。いつかアガサはあこがれの男性と幸福になれるのだろうか？乞うご期待！

主要登場人物

アガサ・レーズン……………………元PR会社経営者
ジョン・アーミテージ………………アガサの隣人。探偵小説家
ロイ・シルバー………………………アガサの元部下。友人
ミセス・ブロクスビー………………牧師の妻
ビル・ウォン…………………………ミルセスター警察の部長刑事。アガサの友人
カイリー・ストークス………………ウェディングドレス姿で発見された被害女性
フリーダ・ストークス………………カイリーの母
ザック・ジェンセン…………………カイリーの婚約者
テリー・ジェンセン…………………ザックの父。ディスコ経営者
シャロン・ヒース……………………カイリーの同僚
フィリス・ヒーガー…………………カイリーの同僚
ジョアンナ・フィールド……………カイリーの同僚
アン・トランプ………………………カイリーの同僚
メアリ・ウェブスター………………カイリーの同僚
マリリン・ジョッシュ………………カイリーの同僚
アーサー・バーリントン……………カイリーの上司
ステファニー・バーリントン………アーサーの妻
ミセス・アンストルザー＝ジョーンズ……婦人会の新しいメンバー
ジェームズ・レイシー………………アガサの元夫
サー・チャールズ・フレイス………准男爵。アガサの友人

1

その日はいつものようにどんよりとした天気だった。霧雨が車のフロントウィンドウを曇《くも》らせ、葉を落とした冬枯れの木々が過ぎ去った夏を惜しんで泣いているかのように枝先からポタポタと雨水が滴り落ち、道に水たまりをこしらえている。
アガサ・レーズンはフロントウィンドウのデフロスターのスイッチを入れた。いかにも寂寞《せきばく》としたその日にふさわしく、アガサの心にも黒い穴がぽっかり開いていた。イヴシャムの旅行会社に向かうあいだ、ずっと同じ言葉が頭をぐるぐる回っている……逃げだしたい……どこか遠くに……逃げだしたい……。
アガサは世間から拒絶されたような気がして沈みこんでいた。まず夫を奪われた。別の女にではなく、神によって。元夫のジェームズ・レイシーは、今頃、フランスの修道院で聖職につくために修行をしているはずだ。おまけにジェームズが行方不明になったとき、ずっと支えになってくれた友人のサー・チャールズはパリで結婚したばかりだった。アガサを結婚式に招待すらしてくれず、結婚のことは〈ハロー〉誌の小さな記事で知った。記事にはチャールズと花嫁の写真が載っていた。アンヌ＝マリー・デュシエンヌという名前のフランス人女性で、華奢でかわいらしく、おまけに若かった。不機嫌な顔をした中年のアガサはフィッシュ・ヒルをスピードを出して下り、イヴシャムをめざした。すべてから逃げだしたかった——冬から、彼女が住んでいるカースリー村があるコッツウォルズから、張り裂けた胸と見捨てられたという思いから。もっとも、悲しくても胸は張り裂けたりしないものね、とアガサは思った。よじれるようにぎりぎりと痛くなったのは胃の方だった。

〈ゴー・プレイシズ〉の経営者スー・クィンは、アガサ・レーズンが入ってきたので顔を上げた。このお得意さんはいつも元気いっぱいで自信にあふれているのに、いったい何があったのかしら？　髪の根元には白髪がのぞいているし、クマのような小さな目は悲しげで、口角まで下がっている。アガサはスーの前の椅子にへたりこむようにすわった。

「遠くに行きたいの」

壁のポスターや、ずらっと並んだ鮮やかな色合いの旅行パンフレットにぼんやりと視線を向けてから、スーの背後に貼られた世界地図に目を戻した。

「ああ、なるほど」スーは言った。「どこか暖かいところがいいでしょうか?」

「そうね、それがいいわ。ああ、島がいいわ。遠くの島が」

「何かおつらいことでも?」スーはたずねた。長年の経験によると、不幸な人は島をめざすと相場が決まっていた。不幸な人と飲んだくれだ。島はそういう人間を磁石のように引きつけた。

「いいえ」アガサは言下に否定した。あまりにも深い悲嘆に沈んでいたので、誰にも思いを打ち明けたくなかった。それに、その惨めさのおかげで、いまだに自分はジェームズ・レイシーとつながっていると感じることができたのだ。その思いはもはや強迫観念のようになっていた。

「わかりました。そうですね。そのご様子だと、日差しがさんさんと降り注ぐようなところがよさそうですね。そうだわ、いいところがあります。ロビンソン・クルーソー島はいかがですか?」

「どこにあるの?　クラブメッドのリゾートはお断りよ」

「ファン・フェルナンデス諸島の島です」スーは椅子をくるっと回して地図を指さした。「チリの沖合ですよ。アレキサンダー・セルカークが置き去りにされた島なんです」

「誰なの、その人？」

「スコットランド人の船乗りで、島に取り残された人ですよ。ダニエル・デフォーは彼のことを知り、その冒険をもとにして『ロビンソン・クルーソー』を書いたんです」

アガサはしかめ面をして考えこんだ。『ロビンソン・クルーソー』は学校で読んだことがあった。かすかに思い出せるのは珊瑚礁《さんごしょう》の浜辺とヤシの木のある離れ島ということぐらいで、もはや記憶はあいまいになっている。でも、太陽を浴びながら海辺を散歩して、人生をやり直すというのもいいかもしれない。

疲れたように肩をすくめた。「よさそうね。手配してちょうだい」

三週間後、アガサはサンティアゴのトバラバ空港のぎらつく日差しの中に立ち、これからロビンソン・クルーソー島に運んでくれるラッサ航空の小型機を眺めていた。乗客は他に二人しかいなかった。顎ひげを生やしたやせた男と若くてきれいな女性だ。パイロットが現れて、飛行機に乗るように指示した。娘はパイロットの隣の席にすわり、アガサと顎ひげの男は飛行機の片方の側にすわった。反対側には、トイレットペーパーとロールパンの貨物が山のように積まれていたのだ。飛行機の荷物制限に従って、アガサはひとつしか旅行鞄を持ってきていなかった。もっとも、サンティアゴの気温はずっと摂氏三十七度以上あったので、詰めてきたのは下着と薄手の服だけだ。ランチは紙袋に入っていた。コーク、サンドウィッチ、ポテトチップスひと袋。

飛行機が離陸した。アガサは眼下に広がるチリの首都を眺め、ついでアンデス山脈の赤土がむきだしになった荒れた山肌に目を向けた。やがて太平洋上に出ると、まぶたが重くなり、いつのまにか眠りこんでいた。一時間後に目を覚ました。他の二人の乗客に話しかけてもむだだとわかっていた。アガサはスペイン語がしゃべれないし、向こうは英語がわからなかったからだ。見渡す限り大海原が続いているだけで、何も見るものはない。アガサはつまらなそうに座席ですわり直し、読む本を持ってくればよかったと悔やんだ。パイロットは計器盤の上に新聞を広げている。どこを飛んでいるのかわかっているんでしょうね、とアガサは心の中で思った。

果てしなく広がる太平洋の上をさらに二時間飛び続け、永遠に島に着かないかもしれないと思いかけたとき、忽然《こつぜん》とロビンソン・クルーソー島が現れた。うわ、驚いた！　島はいきなり目の前に飛びだしてきたように思えた。黒くてぎざぎざで、たった今、太平洋が口から吐きだしたみたいだ。小型機は低いエンジンの音を響かせながら崖にぐんぐん近づいていく。どうなっているの？　正面の崖に機首を向けているように思える。ああ、ぶつかるわ。だが、いきなり轟音《ごうおん》を立てて飛行機はふわりと舞い上がると、崖のてっぺんを越えて飛行場に着陸した。といっても空港の建物もなく、管制塔もなく、ただ平らな崖のてっぺんにほこりっぽい赤土が広がっているだけだった。

パイロットは少し英語ができるようだった。乗客たちは船まで歩いていき、荷物と貨物は別に運ばれるらしい。アガサは腕に鳥肌が立つのを感じた。日が照っているのに空気はひんやりしている。スコットランドのハイランド地方で過ごす晴れた夏の日みたいだ。意外にもこれで亜熱帯なのだ。セーターをスーツケースに入れてくるべきだった、とアガサは思った。飛行機でいっしょだったきれいな娘がこれから歩いていく道を指さし、顎ひげの男といっしょに三人は赤土の飛行場を歩きはじめた。まるで茶色のティッシュペーパーが舞っているみたいに、無数のイナゴがあたりを飛び交っている。

道は曲がりくねりながら下っていた。三人のかたわらを貨物と荷物を積んだジープが追い越していった。

「まあ、ひどいわね」アガサは押し殺した声で毒づいた。彼女は常に五つ星ホテルにしか泊まらず、極上のサービスに慣れていたのだ。「乗せてくれたっていいのに」

さんざん歩いて足が痛くなってきたとき、ようやく眼下に海が広がり、入江に錨《いかり》をおろした一隻の大型ボートが波間で揺られているのが見えた。アザラシが青緑色の海原で仰向けになって浮かんでいる。何百頭ものアザラシ。突堤にはすでに人々が待っていた。全員がバックパックを背負った若者だ。荷物が積みこまれ、全員がボートに乗ると、ライフジャケットが配られ、甲板にすわるように指示された。惨めな気分のとき、アガサはいつもよりもちやほやしてもらいたい、という気持ちが強くなる。甲板にすわっていると、なんだかつらくなってきて、家にいればよかった、と後悔がこみあげてきた。

「イギリス人？」長身のハイカーらしい青年が話しかけてきた。

「そうよ」アガサはずっと沈黙を余儀なくされていたあとで、ようやく言葉を発することができ、ほっとしながら答えた。「向こうまでどのぐらいかかるのかしら？」

「一時間半ぐらいかな。陸路でも行けるけど、道がかなり荒れているんですよ」

「この島はどこもかしこも荒れているみたいに見えるわ」

頭上には黒々とした山と切り立った崖が、青い空を背景にそびえている。浜辺はない。草一本生えていない岩が続いているだけ。ホラー映画やエイリアンの映画の舞台にはぴったりだわ。衛星テレビのおかげで、世界はまだまだ広いってことを忘れていた。びっくり。

「島は熱帯だとばかり思っていたわ」アガサは言った。

「ダニエル・デフォーが『ロビンソン・クルーソー』の舞台をカリブ海にしたせいですよ」

「ああ、そうなの」アガサは言うと、むっつりと黙りこんだ。

ボートがカンバーランド湾に入っていくと、ようやく気分が少し明るくなった。小さな町や木々や花々が見える。ハイカーに話しかけた。

「わたしのホテルはどこかしら？〈パングラス〉だけど」

「あそこです。赤い屋根のやつ」

「だけど、どうやってあそこまで行くの？何キロもありそうだわ」

「歩くんですよ」彼は仲間たちとげらげら笑った。

全員が波止場でボートを降りた。きれいな若い女の子に袖をひっぱられ、アガサはジープの方に連れていかれた。

「よかった、乗せてもらえるのね」ほっとしながら言った。しかし、その安堵はたちまちにして消えた。

ジープは山地の干上がった河川敷をがくがく揺れたり跳ねたりしながら走りだした。

崖の端から飛びだしそうになりながら曲がりこんだり、急な下り坂をものすごい勢いで下りたり、ほとんど垂直に近い上り坂を駆け上がったりする。帰ったらスーを殺してやる、とアガサは内心で毒づいた。そのとき、あることに気づいて衝撃を受けた。空港からホテルへ向かう、このぞっとする旅のあいだ、一度もジェームズのことを考えなかったのだ。

ホテルはきれいだったので胸をなでおろした。広いラウンジには湾を見晴らせる大きな展望窓があり、ラウンジの外には安楽椅子が並べられたデッキが設けられている。部屋はとても狭かったが、ベッドは寝心地がよさそうだ。アガサは荷物をひっかき回して、Tシャツの上から長袖のブラウスをはおった。

デッキに出ていくと、待ちかまえていたウェイターにワインを注文した。太陽が出ていて暖かく、空気はシャンパンのようにかぐわしい。自分は幸福だという不思議な感覚が全身にゆっくりと広がっていった。なんて奇妙な場所かしら。心の闇が消えていくのが感じられるようだ。

ディナーの席につくと、さらに気分が上がった。前菜には見たこともないほど大きなロブスターが出された。アガサはロブスターに舌鼓《したつづみ》を打ちながら、ディナーのお仲間たちを見回した。中央のテーブルは大家族が囲んでいて、スペイン語でしゃべっていた。やせて筋肉質の夫婦に三人のかわいらしい女の子たち、中年女性、青年からなる一家だった。アガサの右手では夫と妻が無言でロブスターを食べている。たちまち鬱々とした気持ちがぶり返した。スペイン語がしゃべれないなら、このロビンソン・クルーソー島に島流しにあったも同然だ。ここに滞在中、沈黙しているしかないだろう。

ちらちらとアガサに視線を向けていた中年女性がいきなり立ち上がり、アガサのテーブルにやって来た。

「スタッフからイギリス人ってお聞きしたんだけど」と彼女は話しかけてきた。ふっくらした母親らしい顔で小さな目を輝かせている。「わたしはマリア・ヘルナンデスよ。娘夫婦一家と息子のカルロスといっしょに来ているの。ホテルにはあまり宿泊客がいないから、みんないっしょにすわれるんじゃないかしら?」

アガサは喜んでヘルナンデス一家に合流した。ドロレスという名前のきれいな娘も同席したが、隅にすわっている無言のカップルは首を振っただけで、加わろうとしなかった。サンティアゴから来たヘルナンデス一家全員が、子どもたち以外は英語をしゃべることができた。ドロレスのために一家は英語を通訳してやった。アガサと同じく熱帯の島を予想していた、と全員が口を揃えた。マリアは予備のセーターを入れてきたから、アガサに貸してあげると言ってくれた。

島は国立公園になっているとマリアは説明した。息子のカルロスがアレキサンダー・セルカークについてアガサのために解説してくれた。セルカークは船乗りで、私掠船〈シンク・ポーツ〉号（十六世紀から十九世紀ぐらいまで出没した国王から免許を受け、敵国の船を攻撃し略奪する権利を認められた船。略奪した金品は国王と船長とで分配した）に乗りこんでホーン岬まで航海したとき、船室や設備や食べ物についてずっと文句を言いどおしだった。船がファン・フェルナンデス諸島に着いたとき、彼はマスケット銃と弾薬と聖書を持って島に上陸したいと要求した。しかし、船長が自分の要求に従うつもりだと見てとると、セルカークはやはり上陸は考え直すと言いだした。しかし船長は文句ばかり言うこの船乗りにうんざりしていたので、セルカークを島に置き去りにした。難破した人間はほとんどが自殺するか飢え死にしたが、セルカークはスペイン人によって持ちこまれていた山羊のおかげで命拾いした。山羊をつかまえて皮で服を作り、肉を食料にしたのだ。彼は四年間生き延び、一七〇九年に救出された。私掠船〈デューク〉号と〈ダッチェス〉号の船長ウッズ・ロジャーズがベテランの航海長ウィリアム・ダンピアといっしょに上陸して助けてくれたのだ。セルカークはロンドンに戻ると、有名人になった。

誰かとすぐに友だちになるのは得意ではないアガサだったが、食事が終わる頃には、この一家と前々から知り合いだったような気持ちになっていた。ドロレスは驚くほどの速さで英語の単語を覚えているようだった。

ようやく部屋に戻ることになり、アガサは仲間に加わらなかったカップルを興味深げに眺めた。女性は染めたブロンドだったが、お人形さんのようにかわいらしく、男性は浅黒い肌のスペイン系の顔立ちだった。二人はラウンジのソファに並んですわっていた。女性は早口で男性に何かささやいていて、男性は女性の手を軽くたたいている。

アガサはどことなく違和感を覚えた。もっとも、長旅に疲れたせいで、妙な想像をしたのかもしれない。ベッドにもぐりこむと、本当にひさしぶりに夢も見ない深い眠りに落ちた。

翌日朝食のときに、マリアがアレキサンダー・セルカークの見晴台まで行ってみようと言いだした。彼女は無口なカップルの方を手ぶりで示した。「いっしょに行きませんかって誘ってみるわね」マリアは二人のテーブルに近づいていき、早口のスペイン語で話しかけた。しかし、どうやらカップルは行きたがらなかったようだ。

朝食がすむと、みんなでホテルから崖の階段を下りていった。そこでスタッフの一人が待っていて、みんなを二組に分けて、島で唯一の集落サン・ファン・バウティスタまでゴム製ディンギーで運んでくれた。

「真昼の決闘ね」とドロレスが言った。ドロレスの英語のボキャブラリーは映画のタイトルに限られているようだった。ドロレスは広くてほこりっぽい寂れたメイン・ストリートを眺め、拳銃を抜きだしてくるくる回すふりをしたので、みんな笑った。まず集落から続いている狭い階段を上っていくと、やがて未舗装の坂道に出た。眼下に流れる川沿いに、さまざまな野の花が咲き乱れている。やがて、しんと静まり返った松林に入った。アガサは足が痛くなりはじめたが、ぽっちゃりしたマリアがぐんぐん進んでいるし、小さな女の子たちですら疲れた様子を見せないので、脱落するわけにはいかなかった。どんどん登っていくと、アガサの目の前をさっと赤い物がよぎったので、足を止めて叫んだ。

「何なの、今のは?」

「ハチドリだよ」カルロスが教えた。みんな立ち止まってハチドリを眺めた。緑と赤のハチドリたちが目にも留まらぬ速さで羽ばたいている。ハチドリのあまりの美しさにアガサは胸をしめつけられ、ふいに岩にすわりこむと泣きだした。みんなはアガサの周りに集まってきて、ハグしてキスをしてくれたので、いつのまにか離婚にまつわる話を洗いざらいしゃべっていた。話し終えると、マリアが言った。

「じゃあ、新しい人生の一章を始めるのね、このロビンソン・クルーソー島で。何かを始めるにはうってつけの場所じゃない？」

アガサは涙のにじんだ目で微笑んだ。

「泣いたりしてごめんなさい。でもずっと気分がよくなったわ」

「そろそろ休憩して持ってきたランチを食べましょうよ」マリアが温かい口調で言った。「あなたが朝食に来る前に、いっしょに来なかったカップルのことを考えていたの。コンシータとパブロのラモン夫妻で、やっぱりサンティアゴから来たんですって。ハネムーンだそうよ」

「どこか奇妙なのよね」アガサはサンドウィッチの包みを開きながら言った。「ハネムーンのカップルには見えないわ」

「たしかに。奥さんの方はご主人に夢中みたいだけど、彼は一歩ひいて奥さんを見ている感じがするわね」

「結婚はまちがっていた、と思っているのかもしれないよ」カルロスが意見を口にした。

ランチを食べ終わったあとも、アガサが感情を爆発させたことには誰も触れなかった。

たが、アガサは友情と同情の温かい毛布に包まれているようなほっこりした気分になった。

見晴台まで行くには、最後に切り立った岩壁を登る必要があった。アガサとマリアは子どもたちと下で待っていることにして、運動神経のいい三人だけが登っていった。「あなた、カトリックなの？」マリアがたずねた。

「いいえ」アガサは答えた。「全然。村の教会には行っているけど、英国国教会のね。それも牧師の奥さんと友だちだからよ」

「それで、ご主人は？　カトリックだったの？」

「離婚前に？　いいえ」

「でも、よくわからないわ。離婚してるし、しかもカトリックでもないのに、どうして修道士になれるの？」

「最初に行ったときに、事情を言わなかったんだと思うわ」

「でも、今ではもうわかってるはずでしょ」

「わたしがカトリックじゃないから、本当の結婚とはみなされなかったのかもしれないわね。ねえ、他のことを話しましょうよ」アガサは急いで話題を変えた。

マリアは子どもたちのことに気をとられている。アガサは太平洋の大海原を眺めながら、ふいに浮かんだ疑念に衝撃を受けた。実はジェームズには聖職につくつもりなんてなかったら？　たんにわたしを追い払うために、修道院は絶好の口実になると考えただけなら？　二人は円満に離婚した。会ったときは当たり障りのない話だけをしていた――村の噂話、ジェームズの家を売る計画。しかし、彼は一度だって、新たに見いだした信仰について語ったことはなかった。

他の宿泊客と同じく、アガサは〈パングラス〉を一週間しか予約していなかったが、その後の数日間は、新鮮な空気を吸って体を動かすという夢のような過ごし方をした。ロビンソン・クルーソー島の洞窟に行き、丘陵を散策し、夜になって幸せな気持ちで疲れきってホテルに戻ってきた。島の辺鄙《へんぴ》さと不思議な美しさには、過去を癒やし、勇気を取り戻させる力があるように感じられた。

夜、アガサはふと気がつくと、ハネムーンカップルをちらちら窺《うかが》っていた。最後の夜に花嫁は顔を赤くして興奮し、早口のスペイン語で何やらまくしたてていた。夫の方は椅子にもたれ、無表情にそれを聞いている。例の一歩ひいて観察しているような奇妙な雰囲気をまちがいなく漂わせて。

最後の日は心をこめて涙ながらに別れを言い合った。アガサとドロレスの飛行機はヘルナンデス一家よりもあとの便だった。二人は住所を交換し、連絡をとりあいましょうと約束した。「悲しい」ドロレスが言った。

「ええ、わたしも」アガサは応じた。「でも、いつか戻ってくるわ」

アガサはリオデジャネイロの贅沢なホテルで数日過ごしてから、イギリスに帰ることにしていたが、まったく滞在を楽しめなかった。なにしろ耐えがたいほど蒸し暑かったのだ。シュガーローフ・マウンテンのツアーに参加してみたが、もう観光はけっこうという気分になった。ホテルに置かれた観光客向けパンフレットの中に、リオの貧しい人々の暮らしぶりを見学するというツアーがあったが、そんなツアーに行く人がいるのかしら、と不思議だった。不幸な人たちを面白半分にじろじろ眺めるツアーなんて悪趣味すぎる。そんなわけで、ようやく英国航空のロンドン行きの便に乗ったときはほっとした。エコノミークラスを予約していたので、飛行機の後方の席だった。キャビンの前方にスクリーンがひとつあるだけで、上映されている映画は全然見えなかった。おまけに夜じゅう空調から凍えるような風が吹きつけてきて寒くてたまらない。女性のキャビンアテンダントに苦情を言うと、肩をすくめて、「わかりました」

と答えて歩み去った。だが、いっこうに暖かくなる気配がない。みんなセーターを着こんだり毛布にくるまったりして耐えていたが、アガサ以外は誰一人として文句を言おうとしなかった。イギリス人はこれだから嫌になる。とうとう男性アテンダントの腕をつかんで、どうにかしてちょうだい、ときつい口調で要求した。彼は不機嫌そうな顔でアガサをじろっと見たものの、しぶしぶうなずいた。しばらくすると、ようやく機内が暖かくなってきた。

将来、このいまいましい飛行機の模型が博物館に展示されるだろう、とアガサは想像した。飛行機にこんなにぎゅう詰めにされて旅をしていたのかと未来の人々は驚くにちがいない。わたしたちが昔の帆船の狭苦しい船室に唖然とするようなものだ。

ガトウィック空港に到着すると空きゲートがなく、うんざりするほど待たされたあげく、滑走路のわきで降ろされてバスに乗せられた。バスを降りると荷物受取場まで長い距離を歩かねばならなかった。飛行機が到着したのは実は三百キロ先のデヴォン州で、そこからガトウィック空港まで延々と歩かされているのではないかと思えてきたほどだ。

やっと荷物を受け取ったときには、頭に血が上っていた。しかし、自分の車を見つけて家に向かって走りだしたとたん、怒りはおさまった。家の掃除を頼んでいるドリス・シンプソンに毎日の世話を頼んであったものの、二匹の愛猫、ホッジとボズウェルのことが心配になってきたのだ。ジェームズは去った。チャールズもしかり。今やアガサの人生に残ったのは二匹の猫たちだけだった。

夜便だったが、機内の凍えるような寒さのせいでろくに眠れなかった。コッツウォルズに入り、自宅のあるカースリー村に通じる道を走っている頃には、目が疲労のあまりしょぼしょぼしてきた。ライラック・レーンに曲がりこむと、冬空の下、茅葺《かやぶ》き屋根のわが家が見えてきた。アガサは車を停めると家に入っていった。猫たちは伸びをすると、あくびまじりにアオーンと鳴きながら出てくると、アガサの脚に体をこすりつけて歓迎してくれた。アガサはしゃがんで猫をなでていたが、そのとき、ふと玄関に置いた姿見に映った自分の姿が目に入った。外出前に身だしなみをチェックするためにかけてある鏡だ。ゆっくりと立ち上がると、まじまじと鏡を見つめた。

髪の根元に白いものがのぞいている。たるんだ肌に、贅肉のついた体。アガサははっと息をのんだ。すっかり外見を気にしなくなっていた！　それもすべて、胸を痛める価値もないろくでなしの二人の男たちのせいだ。あわててイヴシャムにある行きつけのエステサロン、〈バタフライズ〉に電話して、明日の予約を入れることにした。

「ローズマリーは午前中にピラティスのクラスが入ってます」受付嬢が言った。「ですから午前は無理ですけど、午後なら予約をおとりできますよ」

「何なの、そのピラティスって？」

「ポーズと呼吸法を組み合わせたエクササイズで、全身の筋肉を鍛えるんです」

「おもしろそうね」

「明日の午前のクラスなら空きがありますよ。ちょうど入門クラスです」

「予約を入れておいて。何時なの？」

「十時から十三時までです」

「ずいぶん長いのね！　でもまあ、いいわ、予約をお願いね」

アガサは電話を切った。猫たちに餌をやり庭に出してやると、スーツケースを二階の寝室に運んでいった。くたくたに疲れていたので、荷ほどきも着替えもせずにベッドに倒れこむと、そのまま眠りに落ちた。


朝、イヴシャムに車を走らせながら、アガサはピラティスのクラスに申し込んだことを後悔しはじめていた。これまでもジムで高いコースに何度か申し込んだが、二度ほど参加すると億劫《おっくう》になって行かなくなり、結局お金をドブに捨ててきたのだ。それでも、今は何か手を打たなくてはならない。

「上です」受付嬢が言った。「ちょうど始まるところですよ」

アガサは階段を上がっていった。四人の女性たちがレギンスとTシャツに体を押しこもうとして四苦八苦している。

「アガサ！」エステティシャンのローズマリーが声をかけてきた。「おかえりなさい」

「ただいま」アガサはにっこりした。ローズマリーはなめらかな肌と艶《つや》のある髪をしていて、とても安心感を与えてくれる女性だった。彼女には母性のようなものがあり、贅肉がついた体や衰えた肌の女性でも気後れしなくてすんだ。「今よりきっとよくなりますよ」と励まされているような気がするのだ。

クラスが始まった。まずリラクゼーションをして、ゆるやかだが、とても集中力を必要とするエクササイズが続いた。エクササイズをするときは呼吸を止めず、腹筋と骨盤底筋に力をいれなくてはならない。

ようやく休憩になり、コーヒーとビスケットが出された。ジョセフ・ピラティスというドイツ人が第一次世界大戦で抑留されたときに、このエクササイズ法を開発した、とローズマリーは少人数の生徒たちに説明した。戦争が終わるとジョセフはアメリカに渡り、ニューヨーク・シティ・バレエ団のスタジオが入るビルにエクササイズのスタジオを開いた。そこでローズマリーは話を中断して、アガサを脇にひっぱっていた。「煙草が吸いたくてたまらないんじゃない？　下に行って、いちばん奥の部屋で一服してきたらいいわ」

いえ、ご心配なくと言いたいところだったが、ニコチンへの渇望には抗えなかった。罪悪感がこみあげてきたが、アガサは結局、奥の部屋で煙草に火をつけた。ローズマリーのアシスタントのサラが、隣の部屋でお客に施術をしているようだ。

若い女性の声がした。「あたしはやりたくないの。でも、ザックが結婚前にアンダーヘアをワックス脱毛しておけ、って言うから」クスクス笑う声。

「そんな男と結婚しちゃだめ！」アガサは叫びたかった。そんな横暴には、フェミニストとして断固抵抗したかった。できるだけスリムで美しくあろうとするのは大変けっこうだが、バービー人形みたいにアンダーヘアをすべて脱毛するのは行きすぎだ。そもそも婚約者に脱毛を指示するなんて、どういう男なの？「ありがとう、サラ」若い女の声が聞こえた。「もう行かなくちゃ。ザックが待ってるから。ちゃんと脱毛したか、確認したいんですって」

女は部屋を出ていくようだ。ふいに、そのザックとやらの顔を見てやりたくなった。煙草をもみ消すと、受付の方へ向かった。

そこには若い男が立っていて、きれいなブロンドの女の子をハグしていた。

「もう終わったのかい、カイリー?」

浅黒い肌のハンサムな男とブロンド美女の組み合わせに、アガサはロビンソン・クルーソー島の新婚カップルを思い出した。男に甘えるように女は体をぴったり押しつけているのに、男の方はどこか様子を見ているようなよそよそしい感じがした。ロビンソン・クルーソー島の男と同じだ。

アガサが肩をすくめて二階に戻ると、ちょうどクラスが再開するところだった。クラスが終わったときには、うきうきしながら十回分のレッスンに申し込んだ。リラックスできて気分がよかったし、エクササイズによって分別ある行動をとろうという気になったのだ。そろそろ、老化と闘わなくてはならない。人工関節にならないように膝を鍛え、さらに骨盤底筋を鍛えて、尿漏れという屈辱的な事態を防がねば。ランチに行って戻ってきたらフェイシャルをお願いするわね、とローズマリーに伝えた。それから携帯電話をとりだすと美容院に電話し、午後遅い時間にカラーリングの予約も入れた。

その日の夜、家に帰ってきたときは、アガサの茶色の髪は再びつやつやし、顔はマッサージやら何やらのお手入れでハリが甦《よみがえ》っていた。かつての自分を取り戻しつつある気がした。ジェームズと出会う前の自分を。彼のコテージの前から〝売物件〟の看板が撤去されている。新しい隣人はどんな人かしら、とアガサは思った。

翌朝、牧師の妻のミセス・ブロクスビーが訪ねてきた。

「まあ、元気そうね、ミセス・レーズン。旅行のおかげにちがいないわ」

アガサはロビンソン・クルーソー島で家族連れに出会い、いっしょにとても楽しく過ごしたことについてミセス・ブロクスビーに語った。しゃべりながらふと、島で過ごしているあいだは探偵としての才能を一度もひけらかさなかったことに気づいた。

「ジェームズから連絡はあった？」ミセス・ブロクスビーがたずねた。

「ジェームズって？」アガサはつっけんどんに訊き返した。

ミセス・ブロクスビーはしげしげとアガサの顔を見た。出発前もアガサはかたくなにジェームズについて話すことを拒んでいた。

ふと、アガサの頭にマリアの言葉が甦った。結婚していたのなら、ジェームズは聖職者になれないのではないかという意見だ。くびきから逃れるためだけにそういう口実を使ったのだろうか？　その可能性は考えるのもつらかった。

「それで、村では何が起きているの？」アガサは軽い口調でたずねた。「犯罪は？」

「あなた向けの殺人事件はないわ。平穏無事よ」

「隣のコテージを買ったのは誰なの？」

「わからないのよ。そうそう、婦人会に新しい人が入ったわ。ミセス・アンストルザー＝ジョーンズよ。村に引っ越してきたばかりなの。あのコテージを買いたかったらしいけど、誰かに先を越されたので、ピア・ツリー・コテージを買ったの……村の商店街の裏にあるコテージよ、知っているでしょ？」

「どんな女性なの？」

「自分で判断して。今夜婦人会の集まりがあるから」

「つまり、あまり好感が持てないってことね」

「あら、そんなこと、ひとことも言ってないわよ」

「誰かのことをほめられないとき、あなたは何も意見を言わないから。ミス・シムズはどうしてるの？」

ミス・シムズは婦人会の書記で、シングルマザーだった。

「ミス・シムズは新しい紳士のお友だちができたわよ。ソファ関係の仕事をしているんですって」

「既婚なんでしょうね」

「だと思うわ。あら、聞いて、また雨が降ってきた。あなたが旅行に行ってから、ずっと雨ばっかりよ」

ドアベルが鳴った。「わたしは帰るわね」ミセス・ブロクスビーは立ち上がった。

アガサがドアを開けると、ビル・ウォン部長刑事が戸口に立っていた。

「こんにちは」ミセス・ブロクスビーは挨拶した。「じゃ、また今夜ね、ミセス・レーズン」

「そろそろファーストネームで呼び合う関係なのかと思っていましたよ」ビルはアガサのあとからキッチンに入ってきた。

「苗字で呼ぶっていうのが婦人会の伝統なの。それに、こういうプライバシーもないやけになれなれしい村だと、むしろその方がいいわ。コーヒーは？」

「お願いします。煙草をやめてないんですね」

「そもそも、やめるって言った？」アガサは重度のニコチン依存症者らしくけんか腰で言い返した。

「やめるのかと思ってました」

「煙草のことはもう放っておいて。はい、コーヒーをどうぞ。何か事件は起こった？」

「派手なものはひとつもないですよ。いつものように予算削減で、村の警察署があちこちで閉鎖されています。カースリー警察署も閉められたのは知ってますか？」

「まさか！」

「そのまさかなんです。それにチッピング・カムデンとブロックリーの署も。だから、ぼくたちはほとんど外に出ています。ゆうべ誰かが緊急番号に電話してきて、緊急事態だってわめいたんです。行ってみると、猫が木から下りられなくなっていました」

「で、あなたの恋愛の方はどうなの？」

「お蔵入りですね」

アガサは同情をこめてビルを見た。ビルには中国人の父親とイギリス人の母親がいて、その二人から、彼は丸顔と魅力的なアーモンド形の目、感じのいいグロスターシャー訛りを受け継いでいた。「あなたの方は？」ビルがたずねた。

「まるっきりないわ」

アガサはジェームズのことを訊かれるだろうと見越して、ロビンソン・クルーソー島にいたカップルに妙な印象を抱いたことをしゃべりはじめた。

「退屈して、何かやることを探しているように聞こえますね、アガサ」

「その反対で、まったく退屈なんてしてないわ。すてきな人たちと知り合ったしね。それでも……なんとなく不穏な感じがしたの。しかも、きのうイヴシャムで、そのカップルを思い出させる人たちに会ったのよ」

「すぐに仕事を見つけた方がいいですよ。さもないと、事件がないかあちこちで探し回ることになる。PRの仕事をすることは考えてないんですか？」

「これから考えるかもね」アガサはかつてPR会社を経営して大きな成功をおさめたのだが、売却し早期引退して田舎に引っ越してきたのだ。それ以後は、ときどきフリーで仕事をしていた。「でもPR業界はいまやすっかり様変わりしちゃったのよ。かつてPRなんてうさんくさい仕事だった。ジャーナリストや広告関係の人間には馬鹿にされていたわ。まるでそんなの本物の仕事じゃないって言わんばかりにね。なのに今や、PR業界の人間自身が有名人っていうことがよくあるほどだもの」

「チャールズは結婚したそうですね」

「だから何？」

「いいえ、別に」ビルはあわてて言った。「そろそろ失礼しないと。死体に遭遇したら教えてください。ぼくも気分転換がしたいので」

ビルが帰ってしまうと、アガサはコンピュータの電源を入れて、メールが来ているかチェックした。ロイ・シルバーからメールが届いていた。ロイはかつて彼女の会社で働いていた青年で、今、どこにいるのかとたずねてきていた。さらにチリ出身のきれいな女の子、ドロレスからもメールが来ていた。困ったことにスペイン語で書かれていたが、パブロとコンシータ・ラモンという名前だけはわかった。メールをプリントアウトすると、イヴシャムの〈ファルカンリ〉に行った。そこの主人のファンはスペイン人だったので、翻訳を頼んだ。

「彼女はこう言っているよ」とファンは翻訳してくれた。「『こんにちは、アガサ、すごいことがあったの。パブロとコンシータのラモン夫妻を覚えている？　あのパブロが逮捕されたのよ。新聞に詳しく書かれていたわ。コンシータがロビンソン・クルーソー島で溺れて、パブロはボートから落ちたんだって説明したけど、丘陵の上にいたハイカーに奥さんを突き落とすところを見られていたのよ。彼はコンシータが泳げないことを知っていたの。奥さんに多額の保険金をかけていて、彼女の一族は大金持ちだったみたい。元気？　近況を知らせてね。愛をこめて、ドロレス』」

だから、夫は様子を窺っているように見えたんだわ、とアガサは思った。絶好の機会が訪れるのを待っていたのだ。何か言ってやればよかった、あなたの魂胆に勘づいていると。でも、実際には警告できるほど特別なことには気づかなかったのだ。

その晩、アガサは婦人会の会合の席にすわっていた。書記のミス・シムズはいつものように短いスカート、おなかがむきだしになったトップス、へそピアス、ピンヒールという場違いな服装で前回の会合の議事録を朗読していた。ティーカップがカタカタ鳴り、ケーキ皿が回され、外では雨が牧師館の庭に音を立てて降りしきっている。ミセス・アンストルザー＝ジョーンズは太った押しの強い女性で、割れ鐘のような大声でしゃべった。アガサは彼女を見たとたんに嫌悪感を抱いた。またもや惨めな気分が襲ってきたので、ピラティスのクラスで教わった呼吸法を試してみることにした。驚いたことに、すぐにリラックスできた。ロイに電話して仕事があるかどうか訊いてみよう。ジェームズは去ったし、チャールズはいなくなった。アガサ・レーズンは前に進むのだ。肩を怒らせながら彼女は決意した。

2

冬から春へと移りゆく時期に、気分を高揚させるのはむずかしい。アガサはそのことを身をもって知った。すべて雨のせいだ——来る日も来る日も容赦なく降り続ける雨。村のあちこちの庭にある桜の木々からはボトボトと雨だれが落ち、黄色いスイセンが雨に打たれてうなだれている。

そして四月になり、ひどい土砂降りの翌日、ようやく弱々しい太陽の光がライラック・レーンの水たまりをきらめかせた。アガサはピラティスのクラスに向かった。いまや依存症と言えるほどピラティスの虜《とりこ》になっていたが、人生で夢中になった数あるもののうち、健康的なものはピラティスだけだ。イヴシャムに入りチェルトナム・ロードの橋の手前で、腹立たしげに舌打ちした。警官が車を迂回させている。アガサはハンドルを右に切った。アガサの車は先頭だったので、他の車も続いた。少し先で左折すれば、川沿いの道、ウォーターサイドに出られるだろう。ところが、坂道を下っていったところで、あわててブレーキを踏んだ。まさか！　思わず叫んでいた。ウォーターサイドの通りが消えていて、エイヴォン川が目の前まで迫っていたのだ。他の車に引き返すことを手振りで伝えると、スリーポイントターンをした。環状道路でシモン・ド・モンフォール橋を渡って、北側からイヴシャムに入ることにした。

橋では両側の水没した野原を眺めようとしてみんながのろのろ運転をするせいで、大渋滞になっていた。アガサはようやくイヴシャム中心部に行き着くと、マーストウ・グリーンの駐車場に車を停めた。ワークマン橋まで歩いていき、どのぐらい水位が上昇しているのか見てくることにした。ブリッジ・ストリートの急な坂道をワークマン橋まで下っていくと、橋の向こう側に延びるポート・ストリートが冠水しているのが見えた。川沿いの家々にまで水が押し寄せている。〈マグパイ骨董店〉の外では二人の住人が必死に戸口にしがみつき、救助を待っていた。頭上を空海救助隊のヘリコプターが飛んでいった。イングランド中部地方に住む人々を救助するために空海救助隊が出動するのをこの目で見る日が来ようとは！　アガサは呆然としていた。

橋の中央まで歩いていき、見物人に加わった。増水した川を瓦礫《がれき》や木の枝が猛烈な勢いで流れていく。ガシャンと音を立てて、近くのトレーラーハウス用駐車場から流されてきたトレーラーハウスが橋桁《はしげた》にひっかかった。

そのとき、欄干《らんかん》から身を乗りだし、数週間ぶりに日差しを受けてきらめく水面を見下ろしていたアガサは息をのんだ。

オフィーリアさながら、若い娘が目の前の川を流れてきたのだ。それはエステサロンで見かけたカイリーという娘だった。ブロンドの髪がふわりと広がり、手にはウェディングブーケを握りしめている。アガサと他の見物人がぞっとしながら見つめていると、娘の体はねじれて回転し、水に沈んで見えなくなった。

アガサは指さして悲鳴をあげようとしたが、悪夢の中にいるみたいに口をぱくぱくするばかりで声が出てこなかった。しかし、他の見物人たちは口々に叫び、悲鳴をあげていた。警官が襟につけた無線機に報告し、見物人たちが見守っていると、警察の巡視船が猛スピードでやって来た。橋の上にはさらにたくさんの警官が現れ、「移動してください。この橋は危険です。立ち止まらないでください」と呼びかけている。

見物人たちは警察によってブリッジ・ストリートまで後退させられた。

アガサは体が震えていた。ザックの仕業だわ。ロビンソン・クルーソー島にいた男がやったみたいに。ピラティスのクラスに行く途中だったことは、頭からすっかり吹き飛んでしまった。

「来たいからって、好きなときに押しかけてくるのはやめてもらいたいね」ミセス・ウォンがそう言って、家の戸口に立ちはだかった。「あんたみたいな女のことは雑誌か何かで読んだわ。若い男を追っかけ回してるんでしょ」

「警察の仕事のことでうかがったんです」アガサは言った。イヴシャムからまっすぐウォン家に車を走らせてきたのだった。

「じゃあ、警察署に行ってちょうだい。今日、ビルは非番なんだから」

ちょうどそのとき、ビルが家の横手から泥だらけの手に移植ごてを持って現れた。

「アガサ！　人声が聞こえたと思って来てみたんだ。裏庭に回ってください。お茶でも飲んでいって。じゃあ母さん、頼んだよ」

母親は苦々しげになにやらつぶやくと、家の中にひっこんだ。アガサはビルについていった。この庭はビルの誇りであり、大きな喜びになっていた。

「ひどい大雨だったでしょう。後片付けをしていたんです」ビルは二客のガーデンチェアを手振りで示した。「すわってください。で、何があったんですか？」

アガサはイヴシャムの洪水とカイリーの死体を見たことを話した。

「たんにマリッジブルーになって自殺しただけかもしれない」ビルが言った。「どっちにしろウスター警察の管轄になるでしょう、うちじゃなくて」

「彼がやったにちがいないわ。ザックが。それにロビンソン・クルーソー島のカップルの話はしたわよね？　実は向こうで知り合った人からメールが来て、夫が奥さんを殺したんですって。奥さんはボートから落ちたんだけど、夫が突き落とすところを目撃されていたの」

「フィアンセの仕業だったらすごく妙ですよ。単純すぎる」

「だけど、事件なんてたいてい単純なものじゃない？　犯人はいちばん近い、いちばん親しい相手だって相場が決まってるでしょ？」

「ウスター警察に友だちがいるから、明日、電話して探りを入れてみますよ。それにしても洪水は怖いですよねえ。気の毒に、洪水で家財道具すべてを失ってしまった人たちが大勢いますよ」

「恐ろしいわね」アガサはぼんやりと相槌《あいづち》を打った。川に浮かんでいたカイリーの姿がまだ脳裏から消えなかった。

「警察がもっといろいろ突き止めるまではお役に立てそうにないですね」ビルは言った。「さて、家に入ってお茶にしましょう」

「そろそろ失礼した方がよさそうだわ」アガサはあわてて断った。ビルの母親にびくついていた。「二、三日じゅうに時間のあるときにわたしの家に寄って、わかったことを教えてちょうだい」

「寄る時間がなくても、電話しますよ」

　アガサは家に戻ると、テレビをつけてニュースを見た。水浸しになった中部地方の映像と、洪水に流されて亡くなった人のニュースが報道されたあと、アナウンサーが言った。「若い女性の遺体がイヴシャムのエイヴォン川からダイバーによって引き揚げられました。橋の上の見物人によって、下流に流されていくところを目撃されたのです。女性はウェディングドレス姿でした。警察は近親者に知らせるまで氏名を公表しない予定です。今のところ事件性はないものと考えられています」

「なによ」アガサは腹立たしげに言った。「何もわかってないくせに」

　ドアベルが鳴ったので玄関に出ていった。ミス・シムズがいつものように高いハイヒールで不安定にぐらつきながら立っている。

「入ってもいいかしら?」彼女は言った。「ニュースがあるんです」

「もちろん、どうぞ」アガサは先に立ってキッチンに案内していった。「イヴシャムの川に浮いていた女の子のこと?」

「女の子って? いいえ、新しいお隣のことよ。ジョン・アーミテージっていう方なの」

「で、何をしている人なの？」

「探偵小説を書いているんですって。すごく頭が切れる人にちがいないわ。ミセス・ブロクスビーの話だと、最新作の『残酷な無実』はベストセラーリストに載っているそうよ」

「結婚しているの？」

「独身じゃないかと思うわ。ミセス・アンストルザー＝ジョーンズが〈サンデー・タイムズ〉で彼の記事を読んだことがあって、たしかバツイチだって書いてあったって言ってるから」

「何歳なの？」

「五十代じゃないかしら」ミス・シムズはうれしそうに笑った。「あたしの好きな年代よ。あたし、大人の男性が好みなの。とっても気前がいいから。若い男だと、こっちに何でもかんでも支払わせようとするでしょ」

「いつ引っ越してくるのかしら？」

「明日よ」

「まあ」アガサは興奮がわきあがるのを感じると同時に、競争意識も覚えた。真っ先に彼と知り合いにならなくてはならない。

「ところで、さっきの川に浮いてた女の子って何のこと？」

アガサは溺れたカイリーについて話した。

「誰が犯人なのか見つけるつもりなんでしょ？」ミス・シムズが意気込んだ。「そうだわ、新しいお隣さんと協力して調べたらいいじゃないの」

「探偵小説家なんて、実際には探偵仕事のことなんて何ひとつ知らないのよ」アガサはえらそうに言った。

しかしミス・シムズが帰ってしまうと、アガサはうっとりとバラ色の夢にふけった。わたしはジョン・アーミテージといっしょに事件を解決する。

「わたしたちは殺人事件のおかげでとても親密になれたね」ジョンはささやく。「結婚しよう」そしてジェームズは二人の結婚について新聞で読み、失ったものの大きさに気づいて打ちのめされるだろう。アガサははっと白昼夢から覚めると、計画を練ることにした。まず、モートン・イン・マーシュの書店に行き、彼の本を買ってこよう。

書店では洪水と、モートンのメイン・ストリートが水浸しになっている話で持ちきりだった。アガサは短い列に並んでいた人たちをかきわけてカウンターにずかずか近づいていくと、こんな失礼な人は見たことがないと言わんばかりの「ああ」とか「おお」という抗議の声を無視して、ぶっきらぼうにたずねた。

「ジョン・アーミテージの本はある？」

「最新作の『残酷な無実』だけですね」店員は答えた。

「それでいいわ。一冊ちょうだい」アガサは言うと、割り込みされたお客たちににらまれているのも意に介さず、本代を支払って家に帰った。家に着くと、電話のプラグを抜いて、本を読みはじめた。

最初の二章を読んだところで心が沈んだ。物語はアガサが育った場所とそっくりなバーミンガムの高層団地が舞台で、若い女の子が凶暴なギャングにレイプされる場面から始まっていた。目的があって読んでいたものの、アガサは若い頃の情景や、必死になって葬り去ろうとしてきた過去を思い出すまいとしながら読み進めなくてはならなかった。

このジョン・アーミテージという男を想像してみようとした。本のカバーには写真が載っていなかったからだ。チビで太鼓腹の男にちがいない。顎ひげを生やし、わざとらしい笑い方をする中年男。しかし、物語はおもしろかったので、アガサは先を読み続け、読み終わったときには、新しい隣人に対してロマンチックな思いを抱くことは一切ないだろうと確信していた。スコーンやケーキを持って訪ねるのは村の他の女性たちに任せよう。わたしは現実の殺人を調べることにするわ。アガサはあれが絶対に殺人だと信じていた。

翌朝、モートン・イン・マーシュに車を走らせ、〈イヴシャム・ジャーナル〉を買った。洪水の写真は何ページにもわたって載っていたが、カイリーの死については短い記事だけで、近親者に知らせるまで氏名は公表されない、という警察の言葉が引用されているだけだった。アガサは家に帰った。隣のコテージの外に引っ越しトラックが停まっていたが、ちらっと目を向け、その冷たい一瞥《いちべつ》だけで、さっさと自分のコテージに入っていった。ミルセスター警察のビル・ウォンに電話したが、仕事で出ていると言われた。

そこで〈バタフライズ〉のローズマリーに電話して、カイリーの住所をたずねた。

「教えられないんです」ローズマリーは言った。「たとえば、あなたの住所も誰にも教えませんよ」

「だけど、彼女は亡くなったし、わたしはそうじゃないわ」

「すみません。だめなんです。ご理解いただけますね？」

「いいえ」アガサは不機嫌に答えると電話を切った。そのあとで、最高のエステティシャンにガミガミ言ったりして、わたしったら何をしているのかしら、と反省した。

ドアベルが鳴った。ドアを開けると、ミセス・ブロクスビーが立っていた。

「入ってちょうだい。話すことがどっさりあるの」

コーヒーを飲みながら、アガサはカイリーが川に浮いていた様子を描写した。「すごくじれったくて」アガサは最後にしめくくった。「すぐにでも調べたいのに、彼女のことは何ひとつわからないんですもの」

「まだ事件が起きたばっかりじゃないの」牧師の妻はなだめた。「それより、お隣の人とソウルメイトになれるかもしれないわよ」

「ああ、あの人！　彼の本を一冊読んでみたわ」

「かなり暴力的だけど、たしかにストーリーはとてもおもしろいわね」

「彼はわたしのタイプじゃない気がするの」

「もう会ったの？」

「いえ、まだよ。だけど、書いた文章からどんな外見の人か、たいていわかるわ。たぶん、チビで太っていておなかが出ていて顎ひげを生やしてるわね」

「まあ！　彼の本を一冊読んだだけで、そんなことまでわかったの？」

「わたし、こういうことにかけては得意なのよ」

ジョン・アーミテージと会ったばかりのミセス・ブロクスビーは、その予想は大はずれだと言おうとしたが、言葉をのみこんだ。またもや隣人に恋をするアガサなんて、考えたくもなかった。アガサのことが好きだったので、また傷つく姿は見たくなかったのだ。

「荷物を下ろしたらすぐに一週間ぐらいロンドンに行くつもりらしいわ。だから、あなたの予想が的中しているか、あと一週間は確かめられないわね」

「どっちみち興味もないわ」アガサは肩をすくめながら、牧師の妻もまだ作家に会っていないのだろう、と思っていた。

一週間後、アガサは隣人のことをすっかり忘れていて、ビル・ウォンとどうやって連絡がとれるだろう、ということで頭がいっぱいだった。自宅に電話して、またもや、あのぞっとするミセス・ウォンにやりこめられるのはどうしても気が進まなかった。そこでミルセスター警察まで行ってビルを待ち伏せしようかとまで考えはじめたとき、やっとビルが訪ねてきた。

アガサは彼をひきずりこむようにして家の中に連れていきながらガミガミ言った。

「もうどこに行ってたのよ？　何が起きてたの？」

「ねえ、すわって。落ち着いて」ビルはなだめた。「ミルセスターの連続押し込み強盗の事件に忙殺されていたんです。で、ようやくゆうべ、ウスター警察の友人に電話できたんですよ。かなり妙な事件みたいですね」

「どう妙なの？」アガサはビルの顔から目を離さずに、煙草の箱から一本抜きとろうとした。

「ヘロインの過剰摂取で死んでいるんです。フィアンセのザック・ジェンセンの話だと、彼女はヘロイン依存症だったが、クスリはやめると約束していたそうです」

アガサは落胆した。「じゃあ、自殺だったの？」

「そう考えたいところですが、ひとつ問題があるんです」

「何なの？」

「遺体は冷凍されていたんですよ」

「なんですって？」

「死後、遺体が冷凍されたんです。それから洪水のあいだに川に投げこまれた。たぶん洪水の被害者だと思わせようとしたんじゃないかな」

「ウェディングドレス姿なのよ！」

「たしかに。まず、ドレスを脱がせそうなものですよね。しかし、布地が体に凍りついてしまったんでしょう。犠牲者はカイリー・ストークスです。フォー・プールズ・エステイトにある会社で働いていました。コンピュータ関連の仕事をしていたようです。遺体が発見される四日前に、オフィスの女の子たちがヘン・パーティー（結婚直前の女性を囲んで開く通過儀礼的なパーティー）を開いて、全員が酔っ払い、彼女を金ぴかの布地やリボンで飾り立てて通りを練り歩かせたそうです。結婚式はその二日後の予定で、カイリーはすでに休暇に入っていました。カイリーは夜遅くにまた出かけていき、それっきり帰ってこなかったと、母親は話しています。それでイヴシャム警察に行方不明届を出した。目下、大型冷凍庫がありそうなイヴシャムじゅうの商店、建物、個人の家を調べているところです」

「それでザックについては？」

「それが、死亡時刻が確定できないので、彼にどの時間のアリバイをたずねたらいいか悩んでいるようです」

「ビル、エステサロンで彼女を見かけたとき、とうていヘロイン依存症には見えなかったわ。健康と幸福でまさに輝くばかりだったのよ」

「現時点で話せるのはこれぐらいです」

「ストークス家はどういう家庭なの？」

「それは話してもかまわないかな。明日、新聞に出るでしょうから。ミセス・フリーダ・ストークスは未亡人です。イヴシャム市場の屋台で働いています。ほら、ハイ・ストリートにある屋根付き市場ですよ。誰に訊いても、きちんとしていて勤勉な女性みたいですね。カイリーは一人娘だったんです。ポート・ストリートからちょっと入ったところにある、税務署近くの連棟住宅に住んでいます。番地は訊きませんでしたけど、まあ、必要ないでしょう。ミセス・ストークスは憔悴《しょうすい》しきっているんで、自宅を訪ねるのは遠慮してください」

「それで、ザックの方はどうなの？」

「父親の経営するイヴシャムのディスコ〈ハリウッド・ナイツ〉で用心棒をしています。酔っ払った若者同士のけんか程度ですが、何度か警察がディスコに呼ばれています。ザックも父親も前科はありません。ザックは本当に悲嘆に暮れているようでした」

「単なる仮定だけど、もしも誰かにヘロインを飲まされたのなら、ウェディングドレスを着ていたってことは、犯行現場は母親の家ってことになるわよね。というのも、花婿は結婚式まで花嫁のウェディングドレスを見てはいけないことになっているからよ」

「遺体が冷凍されていたという事実がなければ、カイリーもまた不幸にしてドラッグで命を落とした人間だという意見に喜んで賛成するんですけどね」

「それに、凍った遺体だったら水に沈んだんじゃないの？」

「いいえ。その反対です。遺体がまだ凍っていたら、浮いていたでしょう。非常に温かいわけではないが、遺体は川の水温で解凍されたんです。それに洪水でエイヴォン川の流れは速くなっていた。遺体は橋の手前の渦を巻く流れにひっかかり、いったん浮かび上がってからまた沈んだ、と警察では考えています。でも、ザックがやったと決めつけないようにしてくださいよ。チリで事件があったからといって、同じことがここでも起きるとは限らない。カイリーの母親は裕福ではなかったし、カイリーは遺言書も遺していなかった。彼女が死んでも、誰も得をしなかったんです」

「あのディスコだけど、ドラッグと関係がないっていうのは確かなの？」

「ええ、そうです。関係があったら、ウスター警察が情報をつかんでいたでしょう。前にも言いましたけどね、アガサ、もう一度繰り返しておきます。今回はウスター警察にすべて任せたらどうですか？　連中はかなり優秀ですからね」

「ふん！」

ビルが帰ってしまうと、アガサはイヴシャムに行き、カイリーの施術を担当していたエステティシャンのサラに、カイリーがドラッグをやっていた節があったか訊いてみることにした。車に乗りこんだとき、顎ひげを生やしたずんぐりした男が隣の家の前庭で作業をしているのが見えた。アガサは内心にやっとした。その男はアガサが想像していた作家に何から何まであてはまっていたのだ。

イヴシャムのマーストウ・グリーンに駐車すると、エステサロンに行った。運のいいことに、サラはちょうど施術を終えたところで、次のお客が来るまで休憩をとっていた。

「カイリーのことで訊きたいんだけど」アガサは切りだした。「彼女、ヘロイン依存症みたいに見えた？」

サラはショックを受けたようだった。「まさか。健康を絵に描いたような人でした。針跡もなかったし、鼻から吸っていた様子もなかったし。あの気の毒な人はきれいなお肌をしていましたよ。ヘロインのせいで亡くなったんですか？　ドラッグで？　質の悪いエクスタシーの錠剤とかだったのかしら？」

「警察はヘロインの過剰摂取で亡くなったと考えているみたいね」

「まあ、驚いた。イヴシャムでもかなりドラッグが広まっているんですね」

「〈ハリウッド・ナイツ〉っていうディスコについて、何か噂を聞いたことがある？」

「全然。でも、あたしはそもそもイヴシャムに住んでいないので」

アガサはお礼を言って店を出た。店の外でこれからどうしよう、と立ち尽くした。最近の洪水で苦労した住人たちをあざ笑うかのように、今日はうららかな暖かい天気だ。突然、ジェームズとチャールズが恋しくなった。二人なら、カイリーの身に何が起きたかを調べることに、アガサ同様おおいに興味を示しただろう。そのとき、かつて彼女の会社で働いていたロイ・シルバーのことを思いついた。週末に彼をこっちに招くことにしよう。


モートン・イン・マーシュでロンドンからの列車を降りてきたロイは、ガンジー風の襟なしの黒いビジネススーツに、やけに爪先のとんがったフェイクのワニ革のブーツというでたちだった。携帯電話に向かって早口でしゃべりながら歩いてくる。

「誰も感心しないわよ。こんな田舎でも全員が携帯を持っているわ」アガサが近づいていってずけずけ言うと、ロイは携帯電話をしまった。

「あなたは相変わらず口が悪いなあ」ロイは不機嫌そうに言った。「ぼくはストレスのたまる面倒な仕事をしているんですよ、ご存じでしょう」

ロイは今もロンドンのイーストエンド育ちの腕白小僧みたいな青白い顔をして、ひょろひょろにやせていた。アガサの頬にべちょっとしたキスをすると、彼女のあとから車に歩いていき、荷物を後部座席に置いた。

「この殺人事件についてすべて話してください」車が走りはじめると、ロイはせがんだ。

アガサは知っていることを話し、「遺体がどこかの大型冷凍庫に入れられていなかったら、警察は事故として処理していたかもしれないわ」としめくくった。

「まだその可能性はありますよ」

「どう説明するの？」

「たとえば、フィアンセが彼女のドラッグの悪癖を知っていた。注射の跡がなくても、鼻から吸引できますからね。彼女はついに針を使うようになり、その場で死ぬ。このザックって男は恐怖におののき、どうしたらいいか途方に暮れ、パニックになる。遺体をどこかの冷凍庫に押しこむ。警察だってイヴシャムのすべての冷凍庫を調べることはできない。誰かの裏庭の物置小屋にある古い冷凍庫かもしれない。こういう大型冷凍庫は屋内に置くには大きすぎますからね。やがてパニックがおさまってくる。遺体はそのままにしておくべきだったと気づく。だがもはや警察に通報するわけにはいかない。そのとき洪水になる。絶好のチャンスだ。遺体を川に捨てる」

「だけど、ウェディングドレスを着たままだったのよ！」

「まあ、パニックに陥った人間は何だってやりかねないんです。さて、どこから始めますか、シャーロック？」

「今夜、そのディスコに行ってみたらどうかなと思っていたの」

「猛烈に浮きますよ。まあ、ぼくは入れるだろうけど、あなたは年をとりすぎてます」

「ご親切にどうも」

「口実が必要ですね。そうだ、こうしましょう、ぼくはＢＢＣにリサーチャーの友人がいるんです。彼の話だと、仕事の大半があちこちに行ってありとあらゆる質問をすることだそうです。ぼくはリサーチャーだと名乗り、あなたはイングランド中部地方の若者の生活について脚本を書いているって触れ込みにしましょう。ただ、ひとつ問題があるな。過去にあなたの写真が地元紙に載ったことは？」

「あるわ。でも、変装すればいいわよ」

「じゃあ、やってみてください。別人で通用するかどうかぼくが見てあげますよ」

アガサはロイを連れてミセス・ブロクスビーを訪ねた。牧師館には、教会主催のさまざまな素人演劇で使用する舞台用ウィッグと衣装が保管されていたからだ。アガサはブロンドのウィッグと素通しの眼鏡を選んだ。ウィッグの髪をまとめて黒いリボンでうなじで結ぶと、自毛のように見えた。

「これなら大丈夫でしょう」ロイが言った。

「危ない目には遭わないんでしょうね」カイリーの死について最新ニュースを聞かされていたので、ミセス・ブロクスビーは心配そうだった。

「ちょっと偵察に行くだけよ」アガサは楽しげに言った。

「新しいお隣さんとはもう顔を合わせたの？」

「いいえ。でも見かけたわ。わたしがまさに想像していたとおりの人だったわよ」

「話はまだしていないのね？」

「するまでもないわよ。顎ひげとビール腹が見えたから」

ロイはミセス・ブロクスビーのふだんは穏やかな目に、しとやかとはほど遠い、いたずらっぽい表情が浮かぶのに気づいた。そのとき、書斎から牧師が叫んだ。

「例の女性、アンストルザー＝ジョーンズが小道をやって来るぞ。アガサのやつはもう帰ったのか？」

「ちょっと失礼するわね」ミセス・ブロクスビーは頬をピンク色に染めて断ると、急いで書斎の方に去っていった。

「牧師はあなたを好きじゃないようですね」ロイが言ったとき、ドアベルが鳴った。

「ああ、牧師には好きな人なんていないんじゃないかと思うわ」アガサは憤慨して言った。「わたしに言わせれば、そもそも彼は牧師になるべきじゃなかったのよ」

ドアベルがまた鳴った。

「出るべきですかね？」ロイが言った。

「二人に任せておけばいいわよ」アガサはそっけなく応じた。

牧師が狼狽《ろうばい》した様子で妻を従えて姿を見せた。

「これはこれは、ミセス・レーズン。妻の話だと、『アガサのやつ』とわたしが言ったのが聞こえたそうですね。大変失礼しました。実は教会の庭にアガサと名づけたみすぼらしい野良猫がいましてね、妻がえさをやっているんです」

ロイはこんなに下手くそな言い訳は聞いたことがないとあきれたが、アガサは気分を直したようだった。ドアベルがまた鳴った。

「出た方がよさそうね」ミセス・ブロクスビーが言った。牧師はそそくさと書斎に戻っていった。

ミセス・アンストルザー＝ジョーンズが大股で入ってきた。「それで、こちらはどなた？　息子さん？」

「いいえ」ロイが真面目くさった顔で答えた。「愛人ですよ」

「行きましょう」アガサは変装道具をかき集めた。

「まあ、あきれた！」アガサとロイが出て行くと、ミセス・アンストルザー＝ジョーンズが叫んだ。「恥ずべきことだわ。いい年をして！　牧師の奥さまとして、彼女のこういう不品行をどう思っているかピシッと言ってやってよ、ミセス・ブロクスビー」

「ミセス・レーズンはあの青年と特別な関係じゃありませんよ」

「だけど、彼が――」

「年がら年中、あら探しをしているように見える人を前にすると、挑発してやりたくなるものなのよ。それに、わたしの経験だと、セックスに関して道徳観念を声高に主張する人に限って、そちらの方はごぶさたのようね。さて、お茶をいかが？」

アガサはザックがすぐにわかった。ディスコのドアのわきに立っている。フィアンセの変死に深い悲しみを覚えているにしても、外見には表れていなかった。ザックはにっこりして言った。「あんた、本気で中に入りたいのかい？　みんな若い連中ばかりだよ」

「地方のエンターテインメントについてのテレビ番組を制作するために、リサーチをしているの」アガサは答えた。

「へえ、それなら」ザックはまばゆい笑みを浮かべた。ディナージャケット越しに筋肉が盛り上がるのがわかった。「うちの店はうってつけだ。親父と話した方がいいな。親父がここの経営者だから」ザックは振り向いて叫んだ。「入り口と交替してくれ、ウェイン」

見るからに柄の悪い青年が現れた。ビーズのような目でじろじろとアガサとロイをねめまわした。「また警察か？」

「いや、テレビ局だ」ザックは得意そうだった。「こっちだ」

ディスコでよく見かけるミラーボールが回転し、部屋のあちこちに置かれたストロボの光をまばゆく反射している。ザックを手に入れて、カイリーは大当たりを引いたと思っていたにちがいない、とアガサは想像した。かわいい女の子もいたが、若者たちはやせて顔が青白く猫背で、ジャンクフードを食べながら背中を丸めてテレビばかり見て成長期を過ごしてきたかのようだった。ザックは二人を隅のバーに案内していった。音楽がとてつもない大音量でかけられているので、鼓膜がずきずきし、足元の床から振動が伝わってくるほどで、あらゆる感覚が麻痺しそうだった。店内は暑く、汗と安い香水の臭いが充満している。ザックの父親はバーを仕切っていた。ザックが耳元で何やらささやくと、父親はアガサとロイを見て、それからぐいと顎をしゃくった。二人は彼のあとから部屋の隅の階段を上り、防音ドアの向こうの部屋に入っていった。騒音のような音楽がドスドスドスというくぐもったダウンビートだけになったので、アガサはほっとため息をついた。

「テリー・ジェンセンだ」ザックの父親は名乗った。「すわってください。飲み物は？」

アガサはジントニックを、ロイも同じものを頼んだ。テリーはガラスと錬鉄でできた隅のバーカウンターに行き、飲み物を作りはじめた。がっちりした体型の男で、背中の筋肉でシャツの布地がピンと張っている。息子と同じように豊かな黒髪だったが、脚はとても短く、ひどいがに股だった。メッシュのタンクトップに白いナイロン製のシャツをはおり、グレーのズボンをはき、非番の警官がはくみたいなぴかぴかに磨かれた黒い編み上げ靴をはいている。二人にジントニックを渡した。息子はハンサムな顔立ちに恵まれていたが、父親の方はハンサムとはほど遠かった。肌は浅黒く、唇が分厚く、瞳は色が薄くぎょろ目だった。

アガサとロイが合成皮革のソファにすわると、テリーは向かいの大きなデスクについた。ザックはドア近くの硬い椅子に腰をおろした。

「さて、われわれがテレビに出るというのは、どういうことですかな？」テリーが質問した。

アガサはクリップボードを手にして、地方でのエンターテインメントを取材するという作り話をした。まずディスコについて詳細を知る必要がある。営業時間、どういう若者が来るのか、これまで警察とトラブルになったことはあるか。

「警察とは一切トラブルはありませんよ」テリーが言った。「ドラッグも、未成年の飲酒もうちでは無縁だ」

それから、自分の経営するディスコについてべらべらしゃべりはじめた。バーミンガムから引っ越してきて、若者が夜に楽しめることがあまりないと気づき、二年前にオープンしたこと。アガサはペンを走らせていたが、それを使うつもりはまったくなかったので、書き留めている内容はどうでもよかった。

最後にアガサはザックの方を見て言った。

「ご不幸について読みましたが、ご愁傷さまです」

ふいにザックの目に涙があふれ、両手に顔を埋めた。

「その件については遠慮していただきたい」テリーが遮った。「商売に障りますから。さて、ディスコの方にいらっしゃいますか？　何人かの若者と話がしたいのでは？」

アガサは神妙な気持ちになって立ち上がった。絶対にザックが犯人だと思いこんでいたので、カイリーには敵がいたかと彼に訊きたかった。しかし、ザックは憔悴しきっていて、質問してもまともに答えられそうにないほどだった。ディスコにはもう用がなくなったが、もう少しテレビの仕事をしているふりをしなくてはならないだろう。

またもや騒音が鼓膜に襲いかかってきたので、質問すら聞きとれないのではないかとアガサは懸念した。ロイがアガサの腕をとり、耳元で叫んだ。

「外に出て待っていてください。ぼくが何人か連れだします」

アガサはほっとしながら外に出ていくと、煙草をくゆらせながら待った。通りにいても、足元からディスコの音楽が刻むビートが伝わってくる。周囲の家々を見回した。近隣の人々はどうやってこの騒音に耐えているのだろう？　そのとき、ロイが現れた。テレビに出演できるという期待で目を輝かせ、興奮したティーンエイジャーたちを十人ほど引き連れていた。ポップスターに会ったことはあるか、どんな人だったか、という質問にロイとアガサは辛抱強く答えた。すご腕のPRマンのロイはたずねられたポップスターを何人か知っていたので、楽しげに噂話をした。アガサは重いブロンドのウィッグの下で頭皮がかゆくなってきた。クリップボードを持ちあげると、名前、住所、仕事について質問した。五人が無職で、女の子の一人は「コンピュータ関係」だと答えた。

「まさかカイリー・ストークスが働いていた会社じゃないわよね？」アガサはたずねた。

「そうなんです、あたしたち、〈バーリントン〉でカイリーといっしょに働いていたんです」女の子は言った。

「それであなたのお名前は？」アガサはクリップボードに書き留めた。

「シャロン・ヒース」

シャロンは長身でやせていて、おなかが丸出しになるチューブトップを着ていた。おへそにつけたスタッズがキラキラしている。鼻にもスタッズをつけ、耳には四つずつゴールドのリングをぶらさげ、メイクは白塗りで、目は黒いアイラインで縁取られている。若いくせにすでに背中が丸まり、目の下も薄い唇も、何もかもがたるんでいた。濃紫色に染めた髪は長くてコシがなかった。

「カイリーのこと、とても悲しかったわ」シャロンは言った。「あたしの隣のデスクだったんです」

話を聞くと、〈バーリントン〉はコンピュータ会社ではなく、バスルーム設備を扱う会社だということがわかった。シャロンとカイリーはそこで入出金伝票や注文書の処理をしていた。

「不審な死らしいわね」アガサは水を向けた。「彼女を殺すほど憎んでいた人はいた？」

シャロンは片手で口元を覆うと、落ち着かない様子で笑った。

「いたわ、フィリスよ」

テリー・ジェンセンが入り口に現れた。シャロンはつぶやいた。

「もう行かなくちゃ」そして店内に走りこんでいき、残りの連中はポップスターについて、またもやロイに質問を浴びせはじめた。

「何かつかめたかもしれないわ」イヴシャムを後にしながらアガサは言った。「もう一度シャロンと話をしたいわ。住所を聞いてあるから、明日、訪ねてみましょうよ」

「そうですね。ところでジェームズのことは全然話に出ませんね」

「何も言うことがないからよ。その話はよしましょ」

ライラック・レーンに入ると、作家のコテージに明かりがついていた。窓辺にツイードを着たでっぷりしたミセス・アンストルザー＝ジョーンズの背中が見える。熱心にしゃべっているようだった。

「新しい隣人は、村の鼻つまみ者につかまっちゃったみたいね」アガサは言った。

車を停めると、彼女とロイは家に入った。

「お隣さんに好意的な意見を持たなかったようですね」ロイが言った。

「まだ会ってないの。庭で穴を掘っているのを見かけただけ」

「それ、本当に彼だったんですか？」

「どうしてそんなことを訊くの？」

「うーん、あなたが彼の外見を説明していたとき、ミセス・ブロクスビーの目に愉快そうな表情がよぎったんですよ。まるであなたのことを笑ってるみたいだった」

アガサは目を丸くしてロイを見つめた。「ミセス・ブロクスビーが？　冗談でしょ。彼女がわたしを笑うなんてことはありえないわ！」

3

シャロン・ヒースはポート・ストリートからちょっと入ったつましい連棟住宅に住んでいた。暖かい日だったので、アガサはまたもやブロンドのウィッグの下がかゆくなってきた。

「ちょっと待って」ロイがドアベルを鳴らそうとしたアガサの手をつかんだ。「何を言うのかまだ決めてませんよ。ぼくたちは地方の若者について全体的なリサーチをしている、という触れ込みです。ことさらカイリーのことを訊くわけにはいきませんよ」

「ありふれた退屈な質問をしながら、そのことを会話にはさみこめばいいわよ」

アガサはせっかちに答えた。ロイはあきらめたように肩をすくめた。苦い経験から、ときどきアガサが突進するサイさながら単刀直入に質問をぶつけることをロイはよく知っていた。

アガサはベルを鳴らした。二、三分待ってから、アガサがもう一度ベルを鳴らそうとしかけたとき、ドアが開き、ガウンをまとっただらしない格好の女性が現れた。

「なんだか知らないけど、何も買わないからね」彼女はドアを閉めかけた。

「テレビ局の者ですが」

なんと、テレビには魔法の力があるようだ。女性は髪に巻いたカーラーにさっと手をやった。

「あら、大変！　わたし、ミセス・ヒースです。失礼しました。ちょっとお待ちください」

ドアがバタンと閉まった。

「何なの、いったい？」アガサが不機嫌にぼやいた。

「ぼくたちはテレビ局から来たから、彼女は髪からカーラーをはずし、たるんだ屍《しかばね》さながらのみっともない体をボディストッキングに押し込むんでしょう」ロイが嫌みな口調で言った。

アガサは煙草に火をつけた。空は淡いブルーで、最近の雨ですっかり汚れが洗い落とされたかのようにすっきり見えた。通りをそよ風が吹き抜けていく。教会の鐘がイヴシャムに響き渡った。近所のどこかの家から、赤ん坊がぐずって泣きだした。

ようやくドアが開き、変身したミセス・ヒースが立っていた。髪はヘアスプレーで固め、白粉をたっぷりはたき、濃い紫色のシルクまがいのぴっちりした服を着ている。「お入りください」気取って言った。「シャロンから、ゆうべあなたたちとディスコで話したことを聞いてます。娘はテレビに出るんですか？」

「おそらく」アガサはてきぱきと答えた。「お嬢さんは興味深い話題を提供してくださるように思えましたので」

ミセス・ヒースはアガサの後方を眺めた。「カメラはどこなんですか？」

「あとから来ます」アガサはそっけなく答えた。「まずリサーチが必要なんですよ」

リビングは狭く、大あわてで片付けた様子がそこここに窺われた。アガサが肘掛け椅子にすわると、座席のクッションの下に押しこまれた新聞と雑誌がギシギシ鳴った。

「では、何か飲み物でもお持ちしましょうか？」ミセス・ヒースは言った。口紅を塗った薄い唇は口角が下がり視線は鋭かった。今はお客に愛想笑いをしているが、ふだんは癇癪《かんしゃく》持ちにちがいない。

「どうぞおかまいなく」アガサは言った。「シャロンはどこですか？」

「連れてきます」

ミセス・ヒースは部屋から出ていった。まもなく彼女の声が聞こえてきた。厳しく叱りつけている。「何やってるの、さっさとしなさい。一日じゅうは待ってもらえないのよ」

ミセス・ヒースはすぐにシャロンを従えて現れた。シャロンはキラキラした素材のブラウスにロングスカートをあわせ、厚底ブーツをはいている。日焼け肌のファンデーションを塗っているので、首から下の不健康な白さがひときわ目立っていた。

「さて、わたしたちは中部地方の若者のエンターテインメントについて特集番組を作っているんですが」とアガサはクリップボードを膝に置くと切りだした。「犯罪にも関心を持っているの。夜遅くディスコを出た女の子たちが、とうとう家に帰れなかったという事件はたびたび起きているわ」

「テレビでは見たことがあるけど、イヴシャムではそんなこと起きませんよ」シャロンは赤く塗った爪をそわそわといじりながら言った。

「カイリーがいたわ」ミセス・ヒースが口をはさんだ。「朝刊に出ていた。ヘロインの過剰摂取で死んで、遺体がまず冷凍されたそうね。知ってた？」

シャロンの抜いた眉がぐいっとつり上げられた。

「ドラッグですって！　カイリーが？　まさか」

「彼女には敵がいたかとたずねたでしょ」アガサは追及した。「フィリスという人のことを言ってたけど」

「やだ、知らない。テレビで放送されたりしたら、彼女に目玉をえぐりだされるわ」

「そんなことにはならないわ、安心して」アガサはなだめた。「どうしてそういうことが起きたのか、理解しようとしているだけだから」

「絶対に言わないって約束して」

「神にかけて。嘘だったら死んでもいい」ロイがおごそかに言った。初めてロイの存在に気づいたかのように、シャロンは媚びを含んだ笑みをロイに向けた。いや、〝媚びを含んだ〟という表現は的外れかもしれない、とアガサは思った。シャロンの唇は濃い紫色に塗られていたので、むしろ吸血鬼そっくりだった。

「実はね」シャロンはゴシップを許可されたことがうれしくて、ここぞとばかり身を乗りだした。「ザックはフィリスともつきあってたんです。フィリスは大柄で、ちょっとお酒をひっかけると、すごくしつこいの。だけど、彼女はザックがカイリーともつきあっていることを知らなかった。ある日、カイリーがエンゲージリングをオフィスにはめてきたんです。フィリスは怒り狂って、カイリーの髪の毛につかみかかったので、あたしたちは二人を引き離さなくちゃならなかった。フィリスはこうわめいたわ。『あんたが彼と結婚することはないよ。まずあんたを殺してやるから』ねえ、どう思います？」

「とても興味深いわね」アガサは言った。「そのフィリスはどこに住んでいるの？」

「教えられないわ」シャロンは怯えた口調になった。「あたしから聞いたって思われるかもしれないもの」

「思うわけないでしょ」アガサは懐柔にかかった。「カイリーがいっしょに働いていた女の子全員と一度に話せる方法があるかしら？」

「フォー・プールズにはマクドナルドがあるの。あたしたち、たいていそこに行くんです。一時頃に」

「だけど、警察はもちろんフィリスにも話を聞いたんでしょ」

「警察は全員に話を聞いたけど、フィリスのことが怖くて、みんな、ひとこともしゃべらなかったんです」

話を続ける必要を感じて、アガサはシャロンに関心のあることや趣味について質問した。どうやらそれはディスコに行くことと、テレビでメロドラマを見ることのようだった。

話が終わり、二人を見送りに立ったミセス・ヒースは言った。

「カメラが来るときは教えてくださいい。家を模様替えしておきますから」

アガサは不要な出費をさせてはいけないと、あわてて言った。

「撮影やインタビューはディスコでおこなう予定なので、どうぞご心配なく」

ジョン・アーミテージは椅子にいらいらとすわり直しながら、今後はコテージのドアには鍵をかけ、絶対に開けるものか、と心に誓った。ノックもせずに勝手に入ってきたミセス・アンストルザー＝ジョーンズが、気がつくと目の前に立っていたのだ。

ミセス・アンストルザー＝ジョーンズは村での自分の重要な地位について雄弁をふるっていたが、コテージの窓の外を車が走っていく音を聞きつけて言葉を切った。

「あなたのお隣のアガサ・レーズンと若いツバメだわ」

「へえ」関心のなさそうな声で応じた。「では、よろしければ――」

「あの人も、ときには善行をほどこしていないわけじゃないけど」

「立ち往生している人間に、べらべらとくだらない話をするとかかな？」

彼女は口をポカンと開けてジョンを見つめた。

「では、本当に仕事に戻らないと。原稿を書かなくてはならないんです」

ミセス・アンストルザー＝ジョーンズは立ち上がると、大きなピカピカした革のバッグをとりあげた。「ああ、創作のミューズがやって来たのね」きどって言った。

「そのとおり」ジョンは彼女をドアの方へ追い立てていった。

ミセス・アンストルザー＝ジョーンズが出ていくと、ドアに鍵をかけ、コンピュータの前にすわって電源を入れた。じっと画面をにらみつけた。アガサ・レーズン。村の噂だと、彼女は素人探偵みたいなことをしていて、以前このコテージに住んでいた男と結婚していたらしい。ひとつだけ、彼女について好ましいことがあった。この村のほとんどの女性たちのように嗅ぎ回りに来ないことだ。目新しさが薄れたら放っておいてもらえますように、とジョンは祈るしかなかった。

翌日の正午少し前に、ジョンは隣のコテージのドアがバタンと閉まるのを聞いた。アガサ・レーズンがどんな女性なのかふいに好奇心がわき、コテージの横手にある踊り場の窓まで上がっていった。そこからだと隣の玄関がよく見えるのだ。

女性が車に乗りこむところだった。彼女はおかしなブロンドの髪をしていた。ウィッグみたいだ。それにみっともない眼鏡をかけている。

「あれでツバメをひっかけられるなら、たいしたもんだ」

彼はつぶやくと、階下に行き仕事を始めた。

アガサはゆうベロイをロンドン行きの列車に乗せた。彼の手助けがなくなると、心細さを感じずにはいられなかった。ロイにお金を渡し、もっとまともなブロンドのウィッグを買って送ってくれるように頼んでおいた。とりあえず、テレビに出ることでわくわくして、〈バーリントン〉の女の子たちがあれこれ追及しないことを期待するしかなさそうだ。

今日も晴れていた。日差しが車の窓から射しこみ、車内の暑さのせいでウィッグがいっそう不快に感じられる。イヴシャムの〈テスコ〉に行き食料品を買ってから、一時少し過ぎにマクドナルドに到着した。シャロンと四人の女の子たちは丸テーブルを囲んでいた。

クリップボードを片手に、アガサは彼女たちに近づいていった。

「このあいだの夜、何人かの方にはディスコでお会いしたわね」アガサは声をかけた。「中部地方の若者たちのエンターテインメントについて、テレビ番組を企画しているの。少し質問させてもらってもいいかしら？」

彼女たちは喜んでアガサの席を作ってくれた。まず手始めに、彼女たちの名前を書き留めた。シャロンに加え、アン・トランプ、メアリ・ウェブスター、ジョアンナ・フィールド、フィリス・ヒーガーが揃っていた。マリリン・ジョッシュだけが美容院の予約があるので来ていないという話だった。アガサはフィリスを観察した。彼女はすべてにおいて大きかったが、太ってはいなかった。全身が硬い筋肉でできているようだ。大きな茶色の目、大きなぼってりした唇、濃い黒髪、豊かな胸。常に怒っているみたいに、あちこちに鋭い視線を向けている。

アガサはシャロンにたずねたような一般的な質問をしたが、どの答えにもフィリスがほとんど口をはさんでくることに気づいた。フィリスが注目を独り占めしていることを、みんなが苦々しく思っていることも一目瞭然だった。アガサが会社に入って補助的な仕事から始めてじょじょに出世していったとき、どのオフィスにも威張り散らす人間が一人いることを知って驚いたものだった。フィリスをおとなしくさせたかったが、彼女は第一容疑者だったので、口を閉ざされてしまってはまずかった。フィリスと二人だけで会う約束をとりつけることができればいいのだが。

そこで、さんざんメモをとってから、明るく言った。

「わたしの質問にすでにうんざりかもしれないけど、これはまだ序の口なの。映像を撮る前には大量のリサーチをするのよ」

全然かまわない、と全員が口を揃えた。

アガサは礼を言うと、車のところに戻った。

乗りこもうとしたとき、急ぎ足で近づいてくるハイヒールの音が聞こえた。振り向くと、目の前にフィリスがいた。

「あたしと話すべきよ」フィリスは言った。「他の子たちよりも、あたしの方がずっと洗練されているんですから」

「仕事のあとで会わない？」アガサは提案した。

「それは大変にけっこうですわね」それが上流階級のしゃべり方だと思っているらしく、フィリスは舌を嚙みそうになりながら言った。「どこで？」

「イヴシャムのハイ・ストリートにある〈グレープス〉っていうパブで。知ってる？」

「ええ。でも、誰もあの店には行かないけど」

「でしょうね。だから静かに話すにはいい場所なのよ。そうね、あそこに六時でどうかしら」

「けっこうよ」フィリスの大きな目はどう猛なほどの虚栄心でぎらついていた。

ジョン・アーミテージは自宅の階段を上がっていたとき、隣人のコテージに車が入ってきた音を聞いた。またもや踊り場の窓からのぞくと、案の定、アガサ・レーズンという女性だった。そのとき、目をみはった。アガサ・レーズンはブロンドのウィッグを頭から乱暴にとると、座席に放りだし、眼鏡をはずした。変装していたのだろうか？　それとも、あのぞっとするウィッグなら、本気で若く見えると思っているんだろうか？　車のドアが開き、運転席から形のいい脚が現れた。おしゃれにカットされた艶のある茶色の髪で日差しがきらめいている。

ますます興味が出てきたぞ、とジョンは考えた。ともかく彼女を訪ねてみよう。

アガサは猫たちに餌をやった。すでに餌をやったはずだったが、おなかがすいている様子だったのだ。二匹のためには新鮮な魚を調理した。自分自身は電子レンジ調理の料理を食べたが、猫たちに最高のものを食べさせるためには手間をいとわなかった。しゃがんで、やわらかい毛に包まれた温かい頭をなでていると、孤独がひしひしと感じられた。猫のホッジとボズウェルは食べ物をもらうとき以外は、アガサを必要としていないように見える。キッチンの時計をちらっと見た。そろそろ支度をして、不愉快なフィリスに会いに行く時間だ。ウィッグと眼鏡を車の中に置いてきてしまったので、外に出てとりに行った。

戻ってきて二階のバスルームに行き、化粧をして、ウィッグと眼鏡をつけた。そういえば、どうしていつも変装して出かけているのかと、誰にも訊かれていないわ、と思った。そのときドアベルが鳴った。

アガサは一階に下りていき、ドアを開けた。長身でハンサムな男性が立っていた。軽く日に焼け、瞳は緑で、男らしい顎をしている。しかし、手にしていたのは聖書だった。

「けっこうよ！」アガサは言うと、男の鼻先でバタンとドアを閉めた。

モルモン教ね、とアガサは思いながら、ハンドバッグを手にとった。モルモン教はいつもハンサムな信者を差し向けるのだ。

ジョン・アーミテージはコテージに戻っていった。食器戸棚で聖書を見つけ、ジェームズ・レイシーの名前が書かれていたので、隣に返しに行けば隣人に挨拶をするうってつけの口実になるだろう、と思ったのだった。

まあ、少なくともこれで、彼と一切関わりを持とうとしない女性が村に一人いるということがわかった。二階に行き、荷造りをした。旧友を訪ねてロンドンで数日過ごす計画だったのだ。

アガサはドアを開けて〈グレープス〉のカビ臭い店内に入っていった。有線放送もスロットマシンもビリヤード台もなかったので、イヴシャムの若者は足を向けようとしないようだ。フィリスはすでに店にいたが、まだ何も飲んでいなかった。

「何か持ってきましょうか？」

「ドライマティーニで」ふだんはレッドブルウォッカを飲むのだが、ドライマティーニの方が洗練されていると思ったのだ。

「それはやめておいた方がいいわよ」アガサは忠告した。「たぶんこの店では作り方も知らないから。ジントニックはどう？　わたしはそれにするわ」

「わかりました、じゃあ、それで」フィリスは図々しくつけ加えた。「ラージグラスで」

アガサは二杯のジントニックの大きなグラスを手にしてテーブルに戻ってきた。

「あなたに質問する代わりに、あなたの生活について話してちょうだい」アガサは言った。「あなたみたいなきれいな女の子が婚約していないなんて、びっくりしたわ」

「なかなか気に入る人がいないんです。あたしみたいな子はロンドンに行くべきですよね。でも、あたしはここでくすぶってる。ここじゃ、何も起きないわ」

「そうでもないでしょ。洪水。殺人」

「殺人？」

「カイリー・ストークスよ」

「ああ、彼女。そんなのたわごとよ。本当です。あれは自殺だったんです」

「どうして？」

「お代わりをもらえますか？」フィリスはすでにジントニックを飲み干していた。

アガサはバーに戻っていくと、さらに二杯の酒を持って戻ってきた。

「さっき言ってたことだけど……」

「ああ、カイリーのこと？　訊かれたから言いますけど、あの結婚式が挙げられることは絶対になかったんです」

「なぜ？　だってウエディングドレスを着てたじゃない」

「ザックはふられた腹いせに彼女にプロポーズしただけなんですよ」

「誰にふられたの？」

「あたしです」

「つまり、あなた、彼を捨てたの？」

「けんかをしたんです。しょっちゅうけんかをしていて。でもベッドでは最高でした。たとえば……」

フィリスは自分の性的技巧について解剖学的と言えるほど詳細に語った。

驚いたわ、とアガサは思った。世の大人の女たちのせいで、若い女の子たちは男をつなぎとめる唯一の手段は売春婦の技巧を駆使することだと信じるようになってるんだわ。でも、アガサの方が古くさいのかもしれない。女性をほめるときに使われる「しとやか」という言葉は、とうの昔にすたれていた。アガサはフィリスの分厚い赤い唇から目をそらし、その唇がやったことに対する嫌悪感を抑えこもうとした。

「遺体は冷凍されていたの。自殺をしてから、自分を冷凍することはできないでしょ」

「警察が勘違いしたんですよ」フィリスは自分の意見を曲げようとしなかった。

「彼女がヘロイン依存症だったって知ってた?」

「ああ、もちろん」

「針跡はなかったのよ」

「たぶん鼻から吸ってたんでしょ」

「ザックがカイリーと婚約したときは、ずいぶん頭にきたんじゃない?」

「他の女の子たちから婚約のことを聞いたんだけど、たしかにむかついたわ。ザックはあたしに仕返しするためだけに、彼女と結婚するつもりだったんです」

「だけど、ヘン・パーティーを開いたじゃない? あなたはそれにも参加したの?」

「いいえ。馬鹿馬鹿しい習慣ですよ。そのあとカイリーが行方不明になったんです。ストークス家はオフィスの全員に尋問してほしいって警察に要求したんですよ。だけど、警察ではカイリーがマリッジブルーになって姿をくらましたって考えてるみたいだったわ」

「で、あなたはどう考えたの？」

「オフィスの女の子たちに見せびらかすために指輪がほしかっただけで、あなたのことはちっとも好きじゃなかったんだ、ってザックに教えてやりました」

「じゃあ、ザックと会ったのね？　それはいつのこと？」

「彼女が発見される前日ぐらいかしら。彼がその晩、うちに来たんです」

「それで、彼は動揺していた？」

フィリスは下品な笑い声をあげた。「あたしが面倒見てあげたあとは、そうでもなくなったわ」

「つまり、セックスしたってこと？」

「他にあります？」

ディスコですすり泣いていたザックの姿が目に浮かんだ。フィリスはとんでもない嘘つきだと、アガサは判断を下した。

「カイリーのことばかりなのは、どうしてなんですか？」フィリスが疑わしげにたずねた。「あたしのことを話すためだと思ってたわ」

「そのとおりよ」アガサは淡々と応じた。「謎めいた殺され方をした人と知り合いだと、世間の脚光を浴びると思わない？」

「あれは自殺ですってば」とフィリスは言い張った。「ねえ、あたしのことを話しましょうよ」

フィリスはべらべらしゃべり始めた。ずっとテレビに出たいと思っていた、とフィリスは言った。なぜなら性格もいいし、見た目もいいからだ。

あんたなんか大嫌い、フィリスがしゃべりまくっているあいだ、アガサは心の中で毒づいていた。あんたなら殺人もやりかねない。あんたはまちがいなくナルシストだし、それも異常なほどのナルシスト。そのあいだじゅう、アガサはメモをとるふりをしていた。

「それで、あなたは一人暮らしなの？」フィリスがようやく息継ぎをしたとき、アガサは質問をはさんだ。「ええと、ジョーンズ・テラス10Aでいいのね？　ご家族はどこにいるの？」

「ウスターの方です」

警官だったら、遺体が発見される前の数日間どこにいたのか訊けるのに、とアガサはくやしかった。ビルに電話して、正確な犯行日時がわかったか訊いてみよう。カイリーの母親に会わなくてはならない。カイリーはいつ行方がわからなくなったのだろう？　ヘン・パーティーのあとで家に帰ったはずだ。ウェディングドレスを持って出るためにいったん帰ったにちがいない。それになぜウェディングドレスを持って、家を出たのだろう？　誰かに見せびらかすため？　ザックに見せるため？　テレビ局の人間なんていう馬鹿馬鹿しい役を演じていなかったら、自分自身に戻って、ザックと父親に質問を浴びせただろうに。結局、店から放りだされたかもしれないが、その方がずっと簡単だった。ジェームズがいなくて残念だ。チャールズでもよかった。誰か手伝ってくれる人が必要だ。もちろん、ウスター警察に行くことならできるが、首を突っ込んでくるお節介な女と思われているのはよく承知していた。

フィリスの話が続いている。家族が自分の野心を認めてくれないこと、だから家を出たこと。家族は自分の足を引っ張ろうとしている。他の女の子たちとはシャロンやフィリスとは別に話をしよう、とアガサは考えた。それからクリップボードを置くと、きっぱりと告げた。「とりあえずはこのぐらいで充分だわ」

フィリスはがっかりしているようだったが、アガサは他にも話を聞く人がいると伝えた。フィリスの家の電話番号をメモすると、ほっとしながらイヴシャムの夜の中に出た。腕時計を見た。まだ六時半だ。フィリスが何時間もしゃべっていたような気がしていた。アガサは足を速めた。フィリスはパブのトイレに行ったが、また追いついてきてしゃべりだすかもしれない。

車を停めたマーストウ・グリーンをめざして、ハイ・ストリートを足早に歩いていった。書店を通りかかったときに、はっと足を止め、まだ照明がついていたウィンドウをまじまじとのぞきこんだ。その店は売れ残った本を安売りしていたが、人気作家の本も何冊か値引きして売っており、ウィンドウにはジョン・アーミテージの本も飾ってあった。アガサが読んだ本ではなかったが、そのうち一冊は裏返して、裏表紙の作家の写真を見せていた。

アガサの目の前にあるのは、てっきりモルモン教徒だと思った男の顔だった。庭を掘っていた男は、彼が雇った庭師にちがいない。ミセス・ブロクスビーったら、なんて隅に置けない人なのかしら。アガサが作家ではなく庭師の人相を説明したものだから、内心でおもしろがっていたのだ。まあ、これでいかに教会が人々に悪影響を及ぼすかがわかったわ。

家に向かって車を走らせはじめると、腹を立てたことは忘れていた。ジョン・アーミテージはまちがいなく魅力的だった。訪ねていき、お詫びをいい、二人で彼女の勘違いに笑い……そして……そして……。

バラ色の夢にくるまれたまま、アガサはコテージに入っていくなりウィッグをむしりとり眼鏡をはずし、新しくメイクをし直してからぴったりした赤いドレスとハイヒールに着替えた。それから急いで隣家に飛んでいった。留守だった。コテージは真っ暗で静まり返っている。それに彼の車も外に停まっていなかった。

翌日、アガサはウスター警察のジョン・ブラッジ警部補の訪問を受けた。

「どうぞ」アガサはうれしかった。てっきり自分の助力を求めにやって来たと思ったのだ。たしか以前にもイヴシャムの殺人事件を解決したことがあったのでは？ 彼は部長刑事とヒラの刑事を連れていた。

「ミセス・レーズン」ブラッジは険しい声で切りだした。「われわれはカイリー・ストークスの死に関連した全員に話を聞いています」

「ええ」アガサは意気込んで言いかけた。「わたし、ちょっと――」

彼はそれを遮った。「すると、テレビ番組を制作しようとしているという触れ込みで、どこかの女性が質問をして回っているという話が耳に入ってきたんです。テレビ局全社にあたりましたが、どこもそんな女性を知りませんでした」

アガサの心は重くなった。

「その女性はなんていう名前なんですか?」アガサは力なくたずねた。

「そこが驚くべきところでして、誰にも名前を告げていなかったんです。テレビ局から来たと称している人間と話していることに、全員がすっかり舞い上がっていたんですよ。女性は中年で、ブロンド、眼鏡をかけていました。さて、われわれは捜索令状をとっていませんが、ブロンドのウィッグと眼鏡がこの家にあるかどうか調べるために令状をとることはできます。真実を話してもらえますか、それとも令状をとった方がいいですか?」

アガサは唇を噛んだ。それから肩をすくめた。「ええ、それはわたしです」

「公務執行妨害で告発する前に、何がわかったか話してください」

不安のあまり何ひとつ隠しておくことができず、アガサは調べたすべてのこと、すなわちザックの悲しみ、フィリスの話、他の女の子たちについて報告した。

ブラッジは無表情に話を聞いてから、こう言った。「別の部屋でお待ちいただけますか?」

アガサが廊下を突っ切ってキッチンに入っていきドアを閉めるまで、警部は見張っていた。

「どう思う?」ブラッジは部長刑事のノリスという青年にたずねた。

「お節介な女ですね」ノリスは言った。「わたしなら逮捕して厄介払いしますね」

「そうするべきだね。だが一方で、彼女は人々が警官には言おうとしないことを探りだす能力がある」

「しかし、警部、これは殺人事件の捜査ですよ。彼女も殺されかねない」

「ああ、その可能性はあるだろうね。きつく叱責しておくが、止めるつもりはないよ」

警部は立ち上がってドアを開いた。アガサが外で聞き耳を立てているものと半ば予想していたが、彼女はまだキッチンにいて、床にすわって猫と遊んでいた。

「厳しく警告しておかねばならない、ミセス・レーズン。警察の捜査に首を突っ込むことには罰則があるとね。しかし、過去にほんのわずかだがわれわれの役に立ったお返しに、インタビューした人たちにはあなたの正体を黙っておこう。以上だ。ああ、もうひとつ。他に何か探りだしたら、ただちにわたしに報告しなくてはならない。わたしの名刺を渡しておくよ。警察署の電話番号、自宅の電話番号、携帯番号が書いてある」

「ありがとう」アガサはおずおずと言った。

彼らが帰ってしまうと、アガサは警部の言ったことを思い返し、明るい表情になった。警察はわたしを止めるつもりはないんだわ。

アガサがロイから速達で届いたすばらしいブロンドのウィッグに見とれているときに、またドアベルが鳴った。知らない女性が玄関に立っていた。

「ミセス・レーズンですね」女性は言った。「フリーダ・ストークスと申します。カイリーの母です」

「お入りください。キッチンへどうぞ。お茶をいかがですか？　お嬢さんの死は本当にお気の毒に思っています」

フリーダ・ストークスは赤いふっくらした頬をした頑健そうな女性だった。灰色の毛は縮れ、両手は荒れて赤くなり、なんとも表現しにくい色の瞳をしていた。

フリーダはお茶を断ると、使いこんだバッグをたくましい膝にのせ、アガサをじっと見つめた。「あなたが探偵みたいなことをしているって聞いたんです」

「ええ、まあ」

「娘を殺した犯人を見つけるために雇いたいんです。大金は払えませんけど。市場で屋台を出しているんです、ガラスの動物の。たいして儲かりません」

「無料でやらせていただくわ」

「施しは受けません」

「わたしは裕福だけど、あなたはちがうでしょ」アガサは率直に言った。「喜んで引き受けるわ。紙を持ってくるから待っていて。いろいろ質問をする必要があるんです。答えていただけますね？」

「何でもします」フリーダは暗い顔になった。「娘を殺したやつを警察に突きだせるなら」

アガサはデスクに飛んでいって、紙の束を持って戻ってきた。

「じゃあ、最後にカイリーと会ったときのことを話してください」

「遺体が発見される四日前でした。ヘン・パーティーみたいなものをオフィスの女の子たちが開いてくれたんです。帰ってきたときはちょっと酔っ払っていました。真夜中頃だったかしら。すぐに寝なさいって言ったんです。あの子は楽しかった、と話してました。いつも娘に意地悪をするフィリス・ヒーガーが来なかったからって。もう仕事を休んでいたので、朝寝坊をさせてあげることにしました。主人は亡くなったので、わたしとカイリーだけなんです」大粒の涙が頬を流れ落ちていった。アガサはティッシュの箱を差しだし、フリーダが落ち着くのを待った。

「わたしはいつものように朝早く市場に行って、ディナーには家に戻ってきました」

アガサはそれが昼食のことだと知っていた。イヴシャムではいまだに夕食ではなくて昼食が正餐《ディナー》なのだ。「家は静かでした。ぐうたら娘ね、と思って、起こしに行きました。でもベッドは空っぽで、寝た跡もありません。わたしはザックに電話しました。それから仕事先に、友人たちに。最後に警察に電話したんですが、真剣にとりあってくれませんでした。結婚式が近づくと花嫁は不安定になるものだから、いずれ姿を現すって言うんです。それからウェディングドレスがなくなっているのに気づきました。また警察に電話しましたけど、ちゃんと話を聞いてくれませんでした。あの子が遺体で発見されるまでは」

「ザックはどうだったんですか?」アガサはたずねた。「彼が犯人という可能性はありますか?」

「いいえ、ザックはあの子を心から愛していました。ザックも彼のお父さんも、わたしのことをとても気遣ってくれて。二人がいなかったら、この数日間を乗り切れなかったでしょう。ザックは悲嘆に暮れています」

「ところで、カイリーがドラッグをやっている可能性は一度も考えたことがないんですね?」

「わたしのカイリーが？　絶対にないわ！　あの子は教会の青年グループの一員だったんです。メンバーたちはドラッグを憎んでいます」

「どうしてウェディングドレスを持っていったんだと思いますか？」

「お話ししたように、ちょっと酔っていたし、オフィスの女の子の一人がドレスを見たいと言ったんじゃないかしら。カイリーはドレスをとても自慢していました。女友だちの一人の家まで持っていったんじゃないかと思います。たぶん家に帰る途中で襲われたんですよ。タクシーを拾うのはむずかしかったんでしょう」

「でも、ふだんの服に着替えたはずですよね」アガサは指摘した。「それに、誰を訪ねたにしろ、何も隠すようなことがなければ、どうして名乗り出ないんでしょうね？」

「誰だかわかりませんけど、疑われるのを恐れているんじゃないかしら」

「フィリス・ヒーガーはどうかしら？」

「でも、フィリスはオフィスでのヘン・パーティーに来なかったんですよ」

「ご存じかどうかわかりませんけどね、ミセス・ストークス――」

「フリーダと呼んでください」

「ええ、じゃあ、フリーダ。フィリスの話だと、ザックは以前、彼女とつきあっていたんです」

「ああ、カイリーからそのことは聞いてます。フィリスに恨まれているって言ってました。彼女が犯人だったのかしら？」

「そうであればと思いますけどね。彼女のことは好きになれませんから。でも、手順のことを考えてみてください！　ヘロインを打ち、遺体を冷凍庫に入れ、それからどうにかして川に投げこむ。そんなことがフィリスにできたでしょうか？　カイリーはザックの前につきあっていた相手がいましたか？」

「以前、ハリー・マッコイと婚約していました」

「何者ですか？」

「〈バーリントン〉で工作機械のオペレーターをしています。落ち着いた男性で、わたしは好きでした」

「住所はどこですか？」

フリーダは教えてくれ、アガサはそれを書き留めた。

アガサは内緒話をするように声をひそめた。「ここだけの話なんですが、わたしはお嬢さんの事件についてすでに調査をしているんです。テレビ局の人間という触れこみで、ブロンドのウィッグと眼鏡で変装して話を聞き回っています。そういう人間のことを耳にしたら、それはわたしのことですからね」アガサはブラッジ警部の言ったことについて考えた。実は警部は調査を続けるようにほのめかしていたのでは？

「ウスター警察はとても優秀です」アガサは慎重に言葉を選んだ。「いずれ結論にたどり着くでしょう。ドラッグのことはどうなんでしょう？　イヴシャムのような静かな町では、そんな問題は起きていないと思っていたんですけど。あなたは市場で働いているから、いろいろな噂を小耳にはさんでいるんじゃないですか？」

「イヴシャムだって他の町と同じで、そういうものに汚染されてますよ」フリーダは苦々しげに言った。「ドラッグを取引しているパブが摘発されて閉店しました。今はどこから入ってくるのか誰も知りませんけどね」

「ドラッグをやっている連中は知っているんでしょうね。ディスコと関係しているような話は聞いたことがありますか？」

「エクスタシーの錠剤ですらないですね。一度だけ手入れを受けて、未成年の飲酒者が補導されたぐらいかしら」

「電話番号を教えてください。何かわかったらお伝えします」

「感謝してもしきれません」フリーダはいまや涙をぽろぽろ流していた。「わたし、どうしたらいいか、途方に暮れていたんです」

アガサはティッシュをひとつかみ渡した。フリーダが落ち着くと玄関まで送っていき、キッチンに戻ってすわりこんだ。うしろめたかった。調査を続けているのはたんなる好奇心と、田舎の村で隠退生活を送っている退屈しのぎという低俗な動機からで、フリーダの感謝に自分は値しない気がした。ミセス・ブロクスビーだったら利己的ではない動機から行動するだろうが。いや、本当にそうだろうか？

ミセス・ブロクスビーはあえて黙っていることで、新しい隣人が関わる価値もない男性だとアガサに思いこませた。ぜひとも説明をしてもらわなくては。

十分後、ミセス・ブロクスビーは牧師館の客間でけんか腰のアガサと向き合っていた。

「あなたの人生に介入するべきじゃなかったわ」ミセス・ブロクスビーは申し訳なさそうだった。「でも、あなたがまた隣の男性に夢中になって傷つくのを見たくなかったの」

「わたしが何をしたか知ってる？」アガサはかんかんになって言った。「彼が聖書を持って訪ねてきたので、てっきりモルモン教の信者かと思って、鼻先でドアを思い切り閉めたのよ」

ミセス・ブロクスビーはプッとふきだした。

「笑い事じゃないわよ！」アガサは怒鳴った。「だいたい何のために聖書なんて持っていたの？」

「彼、わたしに預けていったわ」笑いが治まるとミセス・ブロクスビーは言った。

「ジェームズの聖書だったの。クロゼットで見つけたんですって。とってくるわね」

ミセス・ブロクスビーは部屋を出ていくと、聖書を持って戻ってきた。アガサが聖書を開いてみると、内側に見慣れた筆跡でジェームズの名前が書かれていた。愛情と喪失感が胸にあふれ、聖書を握りしめたまま、悲しげなまなざしでミセス・ブロクスビーを見つめた。

「そのうちなんでもなくなるわ」ミセス・ブロクスビーがやさしく言った。「何事にも終わりがあるものよ」

アガサは決然として聖書から手を離した。「じゃあ、ジョン・アーミテージについて話してちょうだい」

「ほとんど知らないの。成功した作家ということしか。とても人当たりがよさそうね。一度結婚して離婚しているらしいわ。あのミセス・アンストルザー＝ジョーンズが彼につきまとっているみたい。彼女が来てもドアを開けなければ、そのうち飽きて訪ねてこなくなる、って忠告しておいたわ」ミセス・ブロクスビーはしょんぼりしながら白状した。「実を言うと、どんな女性にもドアは開けない方がいいって言っちゃったの。女性たちが次々にケーキや手作りジャムを持ってきたり、彼の著書にサインをねだろうとしたりして、困っていたから」

じゃあ、今後、わたしはそういうことができないじゃないの、とアガサは心の中でぼやいた。もう、最低だわ。

「本当のことを言ってくれればよかったのよ。わたしは子どもじゃないんだから」手厳しく言った。

「そうね。誤解させるような真似をするべきじゃなかった。でも、どうしても誘惑に負けてしまって。今後は二度としないわ」

「ときどき、あなたのことがわからなくなるわ。ところで、あの亡くなった女の子の母親がさっき訪ねてきたの。わたしに娘の死について調べてほしいんですって。お金まで払うって言うのよ」

「本物の探偵になったような気分でしょうね」

「わたしは本物の探偵よ」アガサはぴしゃりと言い返した。牧師の妻にジョン・アーミテージについて誤解させられたことが、まだ許せずにいた。

「もちろんそうよね。何かつかんでいるの？」

アガサは調べたことについて概略を話した。ミセス・ブロクスビーは熱心に耳を傾けていた。それからこう言った。「イヴシャムで何者かがドラッグの取引をしていたのよ。カイリーがたまたま元締めが誰なのかを突き止めたんじゃないかしら？」

「だとしたら、ディスコが怪しいわね」

「そうとは限らないわよ。女の子の一人が何か口を滑らせたのかもしれない。ヘン・パーティーでは全員がちょっと飲みすぎていたにちがいないわ。一人が口を滑らせたあとで、あわてて、彼女のことを元締めに報告したのかもしれない」

「突飛すぎるわよ」アガサは不機嫌になった。自分自身でそういう可能性を考えつかなかったことが気に入らなかった。

「それもそうね。お茶はいかが？」

「いえ、けっこうよ」

「いつか、許してちょうだいね」

「もう許したわよ」アガサは嘘をついて、牧師館をあとにした。

家に着くとメモを見直して、すべてをコンピュータに打ちこんだ。今夜は誰にアプローチしてみよう？　女の子の一人に話を聞く前に、まずハリー・マッコイに会った方がいいかもしれない。腕時計を見て、ピラティスのクラスがあることを思い出し、大急ぎでタイツとTシャツに着替え、イヴシャムに車を飛ばした。家に帰ってきたときにはすっかりリラックスし、リフレッシュしていた。ジョン・アーミテージはまだ帰ってきた様子がなかった。

その日遅く、新しいブロンドのウィッグをかぶり、きちんとポニーテールに結った。古いウィッグよりずっと自然だったし、素通しの眼鏡をかけるとまったくの別人に見える。アガサは出発する前に躊躇《ちゅうちょ》した。変装は本当に必要なのかしら？　ミセス・ストークスに調査を依頼されたんだし、アガサ・レーズンとして調べられるんじゃない？　でも、ハリー・マッコイは女の子たちと仲がいいかもしれないし、もしかしたら犯人かもしれない！

出発したとき、アガサは孤独をひしひしと感じていた。おしゃべりなロイがいなくて寂しかった。マーストウ・グリーンの駐車場に停めると、イヴシャムの地図をとりだし、ハリー・マッコイの住所を確認した。ホレス・ストリートの駐車場に近い場所に住んでいるので、歩いていくことにした。ハイ・ストリートを離れると、町は妙に人気がなかった。外で遊んでいる子どもたちもいないし、レースのカーテンの向こう側でテレビ画面がちらついていることもない。風が強くなり、アガサの前で、散った桜の花びらがくるくる舞っている。季節はずれの寒い日だ。ようやく彼の住んでいる赤煉瓦造りの連棟式の家を見つけた。暗くて誰もいないようだった。ベルがふたつあり、ひとつは二階、もうひとつは一階だったが、どちらのベルにも誰も出てこなかった。

アガサは引き返した。いったん駐車場に戻り、また時間をおいて、あの家を訪ねてみることにした。他の女の子たちの住所を書いたクリップボードを忘れてきたが、わざわざ家にとりに戻る気にはなれなかった。車にすわって煙草を吸い、ラジオをしばらく聴いてから、またハリーの家まで歩いていった。外に車を停めればよかったと思ったが、通りの駐車スペースはまったく空いていなかったし、二重駐車をしたら住人や警察に目をつけられて不都合なことになるだろう。

夜の十時頃に、やれやれと思いながら、もう一度車から出た。あと一度だけ。ほっとしたことに、二階の窓には明かりがついていた。アガサはベルを押して待った。

返事はなかった。

もう一度押してから、一歩さがって窓を見上げた。カーテンが揺れる様子もないし、見下ろしている顔もない。近所に訊いてみるべきだろうか？　いや、だめだ。自分が彼を探していることを知られたくなかったし、近所の人々にテレビ番組のリサーチだと嘘を言うのは気が進まなかった。

とぼとぼと引き返した。実りのない夜だった。すべて忘れて警察に任せた方がいいんじゃないかしら、と考えながら、さびれた通りを歩きはじめた。

そのとき、ふいに危険を直感した。

後になっても何が警報を鳴らしたのか、どうしてふいに脅威を覚えたのかはわからなかった。車が近づいてくる音がして振り向くと、ヘッドライトに目がくらみ、一瞬のうちに車が猛スピードでまっすぐ自分に突っ込んでくると悟ったのだ。

かたわらの生け垣に身を投げたとき、車がアガサの立っていた歩道に乗りあげてから、また車道に戻り、轟音を立てて走り過ぎていくのが聞こえた。アガサは誰かの家の前庭に倒れ、震えながら荒い息をついた。ドアが開いた。

気がつくと、誰かが自分を見下ろしていた。ウィッグがずれていないことに馬鹿みたいにほっとしながら、アガサは体を起こした。

「ちょっと、ここでいったい何をやってるの？」か細い女性の声が怒りつけた。

アガサはどうにか立ち上がった。「すみません。めまいを起こして、生け垣に倒れこんでしまって」

ぐらりと揺れてから、バランスを取り戻した。ショックと恐怖で動揺していたが、殺されかけたことは言いたくなかった。あれこれ訊かれ、警察が呼ばれるだろう。そうしたら今度こそ、一切関わるな、とブラッジ警部はアガサにきつく命じるだろう。

「ははーん、あんたみたいな女ならよく知ってるわ」女は毒づいた。「酔ってるんでしょ、あんた。しかも、その年でねえ。恥を知りなさい」

アガサは庭の門の方に向かった。ハイヒールの片方が小道のゆるんだレンガにはまりこみ、よろけてころびそうになった。「ここからさっさと出ていってちょうだい」女は叫んだ。「酔いをさますのね！」

車までの道のりはとんでもなく遠く感じられた。車に乗りこんでも安全だという気がしなかった。猛烈な勢いで駐車場から車を発進させた。


ジョン・アーミテージはロンドンでの滞在を切り上げて、カースリーへの道をのんびり走っていた。そのとき、一台の車が追い越していき、前に割り込んだ。

「いかれた運転だ」彼はつぶやいた。隣人の車のようだった。

ジョンは節度ある速度で走って、自分のコテージの前に駐車した。ヘッドライトを消す前に隣家を見ると、まだ彼女が車内にいてハンドルに突っ伏しているのが見えた。自宅の門を開けて入っていこうとして躊躇した。もしかしたら具合が悪いのかもしれない。

ジョンはそろそろとアガサの車に近づいていき、窓からのぞきこんだ。両手で顔を覆い、肩が震えている。彼はガラスをたたいた。

アガサはさっと頭を起こし、恐怖にひきつる顔でジョンを見た。

彼は車のドアを開けた。「ジョン・アーミテージです。お隣に越してきました。まだちゃんとご挨拶してませんでしたね。何かお手伝いできることがありますか？」

アガサは隣の座席に置いたティッシュボックスからティッシュをとると、洟《はな》をかんだ。

「怖かったんです。殺されそうになって」

「誰かに危険運転でもされたんですか？　警察に電話しますよ」

アガサは首を振った。動揺していたこともあったが、ひどく孤独に感じてずっと泣いていたのだ。チャールズもいないし、ジェームズもいない。ロイですら慰めてくれない。

「ブランデーか何か飲みますか？」

アガサは嗚咽《おえつ》をもらした。それから言葉を絞りだした。

「手を貸して家の中に連れていって。そうしたらお話ししますから」

4

いったん家に入り、ジョンをリビングに案内して飲み物を出すと、アガサは二階に行った。ウィッグと眼鏡をとり、メイクをやり直し、ショックを受けたときにいちばん効果があるのはハンサムな男性といっしょにいることだ、と考えた。

アガサが入っていくと、ジョンは顔を上げた。どうやら驚くほど復活したようだ、と彼は思った。

「助けていただいてありがとう」アガサは言った。「警察にこのことを知られたくなくて。実は、何者かに殺されそうになったんです」

ジョンは警察に通報するべきだと騒ぐこともなく、反論することもなく、ただ問いかけるようにアガサを見つめた。

アガサはカイリーの死と、テレビ局のリサーチャーのふりをしたいきさつについて話しはじめた。ジョンはにっこりした。

「何がおかしいんですか？」アガサは問いつめた。

「それでブロンドのウィッグの説明がつく。カースリーに戻る前にとるべきでしたね。あなたの変装はいろいろと憶測を呼んでますよ。ミセス・アンストルザー＝ジョーンズはその答えを知っていると思いこんでいるようでした」

「どういう答え？」

「あなたには若いツバメがいて、若く見せたがっているんだとか」

アガサの顔は怒りで真っ赤になった。「なんて馬鹿な女なの」

「話を続けてください。この謎について話してほしいな」

そこでアガサは洗いざらい話し、警察が激怒するだろうから、今夜、殺されそうになったことは話すわけにいかないとしめくくった。

ジョンはしげしげとアガサを見つめてから、口を開いた。

「以前にも、こういうことをしたことがあるんですね？」

「ええ」他の事件について自慢しようとしたが、膝ががくがく震えはじめた。まだショックから立ち直っていなかったのだ。アガサがいつものように強気だったら、ジョンは彼女に興味を失っただろう。しかし、アガサがお世辞も言わず、愛想よく振る舞おうともせず、気を引こうともしなかったことで、ジョンは彼女に一目置いたのだった。

「ずいぶん勇気があるんですね」ジョンは言った。「こういうことが起きたときは、いつも一人で対処してきたんですか？」

「いつもは助けてくれる人がいたわ。元夫のジェームズとか、友人のチャールズとか。でも、この件では一人きりなの。正直に言って、猛烈に震えあがったわ。二、三日、何もできないかもしれない」

ジョンは時計を見た。「驚いた。もう午前一時だ。睡眠をとった方がいいですよ」

じゃあ、これでおしまいね、とアガサは思った。彼を引き留めるか、また会う算段をつけるために、アガサは必死に頭をひねった。だが、動揺していたうえに消耗しきっていたので何も思いつかなかった。

ジョンは立ち上がった。「こうしたらどうかな。日曜までは放っておくんです。で、わたしが付き添って、日曜の朝に、そのマッコイというやつと話しに行く。やつは休日のはずです」

「ありがとう。何時にします？」

「九時に迎えに来ます」

それからアガサはがっかりした顔になった。「でも、あなたの顔写真がイヴシャムの書店にあった本の裏表紙に載っていたんです。すぐに、身元がわかってしまうわ。写真を見るまで、わたしはあなたの外見を知らなかったの。ほら、聖書を持ってうちに来たことがあったでしょ。てっきりモルモン教徒だと思ったのよ」

ジョンは笑った。「モルモン教徒に恨みでも？」

「いえ、全然。きっと、りっぱな人々なんでしょう。ただ、自宅でお説教をされたくなかっただけ」

「わたしは変装をするつもりはありませんよ。番組の脚本を有名作家に書いてもらっている、と説明すればいいですよ。実際、これまでにもテレビの脚本を手がけたことがあるし」

「では、日曜に」

ジョンが帰ってしまうと、アガサは二階に行き、服を脱ぎ、顔を洗って、だぼっとした寝間着に着替えると布団にもぐりこんだ。今夜のできごとは夢のようだった。彼はハンサムだ。何歳かしら？　外見は若いけど、おそらく五十過ぎだろう。でも、四十過ぎても若くてスタイルもいい男性はたいていゲイだ。それでも、彼が手伝ってくれると思うとほっとした。ただし、彼に恋愛感情を抱くつもりはないわ、ときっぱりと誓った。

眠りに落ちてから二時間後、恐怖に汗をびっしょりかいて目を覚ました。古いコテージはキイキイきしみ、風が外でささやくような音を立てている。アガサはベッドサイドの照明をつけ、ベッドから出ると天井の照明もつけた。そのとき、いつも階下のバスケットで眠っている猫たちが寝室に現れ、ベッドに乗ってきた。両側に一匹ずつ猫が寝そべり、そのゴロゴロ喉を鳴らす音に癒やされて、アガサはたちまちまた眠りこんだ。

「ジョン・アーミテージって何歳だと思う?」アガサは翌日訪ねてきたミセス・ブロクスビーに訊いた。

「見た目よりも年をとってるわよ。ミス・シムズが記事で彼のことを読んで、実際は五十三歳だと言っていたわ」

「もしかしたらゲイかも」アガサは言った。

「結婚したことがあるのに?どうして?」

「五十過ぎると、異性愛者は身なりをかまわなくなるわ」

「必ずしもそうじゃないわよ。主人を見て。アルフはスタイルがいいわよ」

アガサは牧師を思い浮かべた——白髪交じりの髪、眼鏡、本好きらしく少し猫背気味の姿勢。愛というのはたしかに盲目だ、と思わずにいられなかった。

「それにしても、命が狙われた件だけど」ミセス・ブロクスビーが話を変えた。「本当に心配だわ。ビル・ウォンにも話せないの？」

「ビルは親友よ。だけど、警官でしょ。報告する義務を感じると思うの」

「ドラッグに関係することはとても危険よ」ミセス・ブロクスビーは警告した。

「わたしにはそこが理解できないのよ」アガサは冗談半分に言った。「ドラッグ王はドラッグから手を引いて、煙草の密輸入をするようになったのかと思ってたわ。煙草の値段がどんどん釣り上がって、いわば禁酒法時代のアメリカみたいになってるでしょ。イギリスの人口の二十五パーセントは煙草を闇市場で買っているって、ニュースで報道されていたわよ。わたしはまだ誰にも声をかけられたことはないけど」

「あなたは密輸煙草を買わなくても、すでに厄介なことになってると思うわ」ミセス・ブロクスビーは手厳しくいさめた。「それに、禁煙するのかと思ってたわ」

「するわよ、もうじき」アガサは煙草に火をつけた。「この事件が終わったらね」

「まだ生きていたらね。フィリスとザックがセックスをしたっていう話はどうして信じないの？」

「フィリスは嫌な女だし、とんでもない嘘つきだからよ」

「だとしても……ザックのことを考えてみましょうよ。カイリーはちゃんとした娘さんに思えたし、母親はりっぱな人だわ。でもザックはフィアンセに結婚前にアンダーヘアの脱毛をしろって言ったんでしょ、ちょっとおかしいんじゃない？　だって、ハネムーンに行く女性の多くが当然のように脱毛しているのよ。セックスのためではなくて、Tバックのビキニやハイレグのビキニを着るためにね」

「どうしてそんなことを知ってるの？」

「世間の事情にまったく疎いわけじゃないわよ」

「だけど、ザックはカイリーの死を心から嘆いていたわ。あれは嘘泣きじゃなかった」

「偏見を持たずに用心してちょうだいね、ミセス・レーズン」

「ジョンがいるから安心よ」

「ちょっとアドバイスをさせてもらってもいいかしら？」

「そう言われると身構えるけど、いいわよ、どうぞ」

「質問をして回るときに守ってくれる人がいるのは大切だと思うわ。だけど、男の人は『愛情に飢えた』女性は好きじゃない。本当よ、男は大陸の向こう側からでも愛情に飢えていることを嗅ぎつけられるの。どうかジョンをロマンスの対象としては考えないで。そんなことになったら、すぐに彼は逃げだすと思うわ」

「彼に好意なんて持ってないわよ」アガサはむっとして言った。「わたしのことをティーンエイジャーみたいに思ってるようね」

牧師の妻はまさにそう考えていたのだが、口にするのは控えた。

ミセス・ブロクスビーが帰ってから三十分後、またもやドアベルが鳴った。アガサは不安のあまり背筋が寒くなったが、外では太陽がまばゆく照っているし、男か女か知らないが、悪者は自分の本当の正体は知らないはずだ。そのとき、家まであとをつけられたら別だ、という心臓が止まりそうな可能性が頭をよぎった。ドアにとりつけたのぞき穴からのぞいてみた。最初は外に立っている男が誰なのかわからなかった。それから、はっと気づいてドアを開けた。

「チャールズ！」

たしかにサー・チャールズ・フレイスだった。旧友であり、ときには恋人だった男。しかし、小柄できちんとしていてスリムだったチャールズは小太りになっていた。髪の毛は薄くなり、二重顎になっている。

「どうぞ」アガサは言った。「キッチンでコーヒーを淹れたところなの。あなたとは口もきかないつもりだったのよ。どうして結婚式に招待してくれなかったの？　パリにだって飛んでいったのに」

チャールズはキッチンのテーブルの前にすわった。

「できなかったんだ。妻のアンヌ＝マリーに、わたしたちが以前……その……親密だったと話したんだよ。二人で調べた殺人事件について話しているときに、たまたま口を滑らせてしまってね。そしたらあなたを招待するなと命じられたんだ」

「だったら、今日ここに来ていることについて、奥さんはどう思っているのかしらね？」

「知らないんだ。彼女を動揺させたくないから。もうすぐ双子が生まれるんだよ」

アガサはコーヒーのマグカップをチャールズの前に置いた。

「それで、どうして来たわけ？」そっけなくたずねた。

「あなたがどうしているか気になって」

「ご機嫌よ、おかげさまで」

「ジェームズについて何か聞いた？」

「いいえ」

「殺人は？　イヴシャムの事件はどうなってるんだ？」

「わたしとは関係ないわ」アガサは嘘をついた。「ねえ、チャールズ、コーヒーを飲み終わったら、さっさと帰ってちょうだい。結婚式に招待してくれなかったので怒ってるの。花嫁にわたしのことをしゃべったとしても、どうしても呼びたいって主張できたはずよ。わたしに電話をかけてきて、事情を説明する根性もなかったの？」

「言っただろう。波風は立てたくなかったんだ。アンヌ＝マリーにぽろっと口を滑らせたら、招待させてもらえなかったって。あなたみたいに結婚を失敗したくなかったんだよ、アギー。結婚には努力が必要なんだ」チャールズは傲慢な口ぶりになった。

アガサはテーブル越しに手を伸ばして、彼のマグカップをひったくった。

「出ていって、チャールズ。あなたがどれだけ無神経か忘れていたわ」

「昔のよしみでキスぐらいどう？」

「出てって！」

「つんけんすることないじゃないか。もう行くよ」

チャールズは今や肉付きがよくなったお尻をアガサにたっぷり見せながら、ぎこちなく歩み去っていった。

アガサは玄関に走っていくと、車に乗りこんでいるチャールズに怒鳴った。

「いい、二度と来ないでよ！」

そのときジョン・アーミテージが食料品の袋を抱えて玄関に立ち、目を丸くしてこちらを見ていることに気づいた。アガサは力なく微笑むと、家にひっこんだ。

「人が変わるのは嫌ね」アガサは猫たちにぼやいた。実はチャールズが変わったのは外見だけで、中身は同じなのかもしれない。しかし、それを認めることで、いっそう気分が悪くなった。

日曜は目覚まし時計が鳴らず、アガサが目を覚ましたときにはすでに九時十五分前だった。そのせいでメイクと着替えをゆっくりするという計画は吹っ飛び、急いで洗面をすませると、最初につかんだ服を着て、少量のファンデーションクリームをのばし口紅を塗り、大急ぎで階段を下りていった。そのとたん、ドアベルが鳴った。

「出かけられますか？」ジョンがたずねた。ブルーのシャツにやわらかいスエードのジャケットをはおり、カジュアルなズボンをはいている。

「ええ」アガサは息を切らしながら答えた。

「変装はどうしますか？」

「しまった！　すぐに戻るわ」アガサは階段を駆け上がり、ブロンドのウィッグと眼鏡をつけた。

「車の中で変装するように勧めるつもりだったんです」アガサが戻ってくると、ジョンは言った。「いや、もうそのままで」ウィッグをまたむしりとろうとするアガサを止めた。「わたしの車を使いましょう」

ジョンがなめらかな巧みなハンドルさばきで村を出ていくあいだ、アガサは何か言おうとしたが、いつになく寡黙になっていた。とうとう「彼が家にいるといいわね」とぽつりと言った。

「ともかく行ってみましょう。気分はどうですか？」

「もう大丈夫よ。昼間の光だと、そんなに恐ろしく感じられないわ」

「こういうことはしたことがないんです。それどころか村に住んだこともない。ずっと都会暮らしだったから」

「バーミンガムとか？ あなたの本を読んだら、バーミンガムが舞台だったわ」

「向こうでリサーチしただけですよ。離婚するまでロンドンで暮らしていました」

「いつ離婚したんですか？」

「二年前」

「円満に離婚したの？」

「彼女の方はおとなしく離婚するしかなかったんだ。向こうがたびたびわたしを裏切ったんだから」

「そのことで傷つきました?」アガサは好奇心からたずねた。

「今はそうでもないかな。すべて終わったのでほっとしています。あなたはどうなんです?」

「彼は修道士になるためにわたしのもとを去ったの。最後に連絡をとったときは、フランスの修道院にいたわ」

「それはつらかったにちがいない」

アガサはため息をついた。「とうとう彼のことはよくわからなかった。奇妙な結婚生活だったの。夫婦というより、二人の独身者みたいだったわ」

「二、三日前にあなたが怒鳴っていた男じゃないですよね」

「ええ、あれは別の人。ねえ、その話はもうよしましょうよ」

「そうですね」

「どうして小説の舞台をスラム街にしているんですか?」アガサはたずねた。「スラム街育ちには見えないけど」

ジョンは育ちのよさそうな教養のあるしゃべり方をしたし、訛りもまったくなかった。

「現実味のある人間像を描きたかったからです」

「むさくるしい環境だからって、登場人物に現実味が出るわけじゃないでしょ」アガサは自分自身の貧しい生い立ちを思い出し、言葉に力をこめた。「そういう連中はお酒やドラッグで心がゆがんでいるし、安いジャンクフードのせいで肉体も年よりずっと老けこんでいるわ」

「個人的経験から言っているみたいですね」

アガサはスノッブだったから、バーミンガムのスラム街で育ったことは絶対に認めるつもりはなかった。「観察力が鋭いのよ」簡潔に答えた。

「わたしもそうだと思います。この事件についてもう少し話し合いましょう」

イヴシャムに着くと、アガサはマーストウ・グリーンに駐車するように指示した。二人は車を置いて、アガサがぞっとする目に遭ったばかりの道を歩きはじめた。女性たちはのんびりベビーカーを押し、男性たちはグループでしゃべりながら行き交っている。

二人は目的の家に着いた。「どのベルだろう？」ジョンがたずねた。「名前が出ていないな」

「わたしが襲われる前には二階の部屋の明かりがついてたわ」

「それを押してみよう」

彼はベルを押した。

少し待ってからジョンが「一階のベルも試してみた方がよさそうだ」と言って、ベルを押した。

青年がドアが開けた。念入りに整えた薄茶色の髪に丸顔、真っ白な半袖シャツにピシッと折り目が入ったジーンズ、というとてもきちんとした感じの青年だった。「ミスター・マッコイ？」アガサがたずねた。

「ええ、でも、何か売りつけるつもりなら――」

「いいえ、テレビ局から来たんです。イヴシャムの若者を特集するときに、カイリーの死に触れないわけにはいきません。もちろん、こういう町では、若者にどういう娯楽があるのかも知りたいと思っています。中でお話しできますか？」

「今、人が来ているんです。どこかに行けませんか？　川の方に行ったところにカフェがあります」

「けっこうです」

「ジャケットをとってきます」

彼はドアを閉めた。「感じのいい青年のようですね」ジョンが言った。

「しいっ!」アガサがささやいた。

「どうしてあたしも行っちゃいけないの?」甲高い女性の声がした。ハリー・マッコイはなにやら低い声で答えていたが、しばらくしてドアが開いた。彼の顔は恥ずかしさで真っ赤になっていた。

三人は道沿いに歩いていき、軽食を出しているらしいカフェに着いた。窓際のテーブルにすわると、エイヴォン川の深緑色の水が流れていくのが見える。モーターボートが両岸に水を撥《は》ねかけながら進んでいった。

「この場所でまだ店が営業しているのは意外だわ。浸水してしまったとばかり思っていたから」

「入り口のところまでは水が来たんです」ハリーが言った。「カウンターの向こうにいるミセス・ジョイスがオーナーなんですが、入り口に砂袋を積んでおいたんですよ。それにカフェは盛り土の上に建てられているんで、もともと両側の家よりも少し高いんです。両隣は悲惨なことになりました」

ジョンはカウンターに行くと、コーヒーを三つ持って戻ってきた。

アガサは若者がどんなふうに楽しんでいるのかについて質問を始めた。一台の車に数人で相乗りして、交互に酔いをさましながらバーミンガムに行くこともある、とハリーは答えた。

「それから、ディスコの〈ハリウッド・ナイツ〉では？」

「あの店はごめんですよ。仕事にあぶれたやつばっかりで」

「カイリーと婚約していたんでしょ？」

「ええ」

「どうして婚約解消になったの？」

「ザックのせいでだめになったんです」ハリーはむっつりと答えた。「ザックの車を見たことがありますか？」

アガサは首を振った。

「ジャガーなんです。それで彼女はぼうっとしちゃった。ザックは彼女が仕事を終える頃に〈バーリントン〉の前で待っていて、車で家に送ろうって誘ったんです。当時、フィリス・ヒーガーがザックの婚約者だったんですけど、カイリーはバージンだと話したら、彼は興味を示して、じきにそれを確かめてやるって言っていたそうです。ぼくはカイリーにザックのことを警告しようとしたんです。だから婚約を破棄して、ザックと婚約したと言われたときは信じられなかった」

「フィリスがもうじきここに現れる気がするけど」アガサが言った。

「どうして？」

「今朝、あなたがいっしょにいたのはフィリスでしょ。彼女の声だってわかったわ」

「ハイ・ストリートの〈バトラーズ〉に行こうって約束していたんです」アガサにじろじろ見られて、ハリーは顔を赤らめた。

「で、あなたはフィリスとつきあってるの？」

彼はまた赤面した。「いいえ。フィリスは……その、ただのガールフレンドで、真剣につきあうような相手じゃありませんよ」

「カイリーは本気でザックに恋をしていたの？」

「それはないと思いますよ。カイリーは結婚式のことしか頭になかったんじゃないかな。ザックのお父さんは盛大な結婚式をあげるためにお金を出すって言っていたし、ハネムーンでモルディブに行く予定だった。カイリーは海外に行ったことも飛行機に乗ったこともなかったんです。ロンドンにすら行ったことがなかった。だから、その話ばっかりしてましたよ」

「それをあなたに話すって、少し無神経ね」

「彼女がオフィスの他の女の子たちに話していたので、ぼくは彼女たちから聞いたんです」

「二階には誰が住んでいるんですか？」ジョンが初めて口を開いた。

「マリリン・ジョッシュです」

アガサはメモを見た。「〈バーリントン〉で働いているんでしょ？」

「そうです」

先日の夜、アガサを見かけて危機感を覚え、ひき殺そうとしたのはマリリンだったのだろうか？

「あとで彼女とも話をする予定です」ジョンが言った。「お出かけですか？　ドアベルを押しても出てこなかったが」

「日曜の朝は寝坊していて、何があっても目を覚まさないんです」

「それで、カイリーはどんな女の子でしたか？」アガサはさらに突っ込んだ。

「外見は愛らしかった。まあ、テレビにはああいう女の子がたくさん出てますけど、このあたりじゃ珍しいほどきれいだ。フィアンセになってくれたときは自分の幸運が信じられませんでしたよ。ただ、腹いせからぼくを選んだんじゃないかと、ちょっと心配でしたが」

ジョンとアガサは視線を交わした。

「誰への腹いせですか？」ジョンがたずねた。

「ミスター・バーリントンです」

「なんだって？〈バーリントン〉の経営者の？」

「そうです」

「ちょっと待ってくれ。彼はああいう会社を経営しているぐらいだから、若くはないんでしょう？」

ハリーは顔をしかめた。「薄汚い親父ですよ、五十に手の届きそうな」

「それで結婚していないの？」アガサがたずねた。

「もちろん、しています。でも、カイリーには離婚すると吹きこんだみたいですね」

アガサは唖然としてハリーを見つめた。「他の女の子たちはカイリーがボスとデートしていることをどう思っていたのかしら？」

「みんな知らなかったんです。同僚たちにはひとことも言わなかったから。ぼくは彼女に夢中だったから、わかってましたけど」ハリーはいっそう顔を赤らめた。「実は彼女のあとをつけてたんです。他の子たちには仕事のあとでイヴシャム・カレッジでフランス語のクラスをとっていると話していましたが、イヴシャム・カレッジの駐車場に行って、バーリントンに拾ってもらっていました」

「それで、二人は肉体関係を持っていたの？」

「カイリーはそういう関係じゃなかった、と言い張ってました。彼はいつも田舎のレストランにディナーに連れていき、プレゼントをしていたようです」

「どういうプレゼント？」ジョンがたずねた。

「ぼくの知っている限りでは、純金のネックレスをもらってましたね。ぼくに見せてくれて、母親には金メッキだって説明したと言ってました」

「それで、どうしてその関係が終わったの？」アガサはたずねた。カイリーに対する見方が百八十度変わりかけていた。

「チッピング・カムデンのギリシャ料理店でいっしょにいるところを奥さんの友人に見られて、奥さんに告げ口されたんです。実はお金があるのは奥さんで、彼には離婚するつもりなんてこれっぽっちもないこともわかりました。カイリーは優秀な従業員だが仕事を辞めることを考えているので、ディナーに連れていって辞めないように説得していたんだ、と説明して、ミスター・バーリントンはどうにか奥さんを納得させたみたいです。ともあれカイリーはぼくとつきあいはじめました。クリスマスが一気に来たみたいに感じましたよ。カイリーはあんなに美人ですから」

「だけど、どういう女の子だったの？」アガサはもう一度たずねた。

「ああ、彼女とは会ってませんよね。愛らしい顔に長いブロンドの髪、モデルみたいなスタイルで……」

アガサはエステサロンで見かけたことがある、とは言いたくなかった。そんなことを話したら、自分が地元の人間だということがばれてしまう。「外見には興味はないの。性格を知りたいんです」アガサは言った。

ハリーは目をぱちくりして、とまどったように眉根を寄せた。ハリーはカイリーが実際はどういう人間かを気にしていなかったのだ、とジョンは思った。

「オフィスのことや同僚の女の子たちのことなんかをよくしゃべっていました。ガールズトークですね。自分には野心があると言ってましたよ。一生、イヴシャムでくすぶって暮らしたくないって」

アガサはため息をついた。「だけど、あなたと結婚したら、まさにそうなったはずでしょ。それで、彼女はバージンだったの？」

ハリーは真っ赤になった。「ずいぶんプライベートな質問ですね」

「彼女は亡くなっているんだから、答えても問題ないでしょ」

「いいえ、ちがいました」ハリーは小声で言った。「カイリーはベッドではすごかった」

アガサは言った。「マリリンと話したいわ。あなたの上の部屋で暮らしているんだし。もう彼女は起きていると思う？」

「電話してみます」ハリーはポケットから携帯電話をとりだしてボタンをたたいた。二人から少し離れたところに移動し小声で何か言っていたが、アガサには彼の言葉が聞きとれた。テレビ局の人々といっしょにいるが、フィリスには知られたくない、無理やりインタビューに割り込んできそうだから、と話していた。

無垢《むく》で純粋な女の子というこれまでのカイリー像は、きちんとした母親と話したことで確かなものになっていたが、いまや揺らぎはじめていた。ハリー・マッコイの説明が本当なら、カイリーは頭の軽い尻軽女ということになる。それでも彼女は殺されたのだから、犯人が罪をまぬがれるのは許せなかった。

マリリンが興奮しながら息せききってやって来た。黒いレギンスに白いバックベルトのハイヒールをはき、ぴったりしたTシャツにフェイクファーの紫色のジャケットをはおっている。やせた肩は猫背で、長い鼻に重たげなまぶた、ちょっぴり開いたおちょぼ口。

「隠しカメラなんですか？」彼女はわくわくした様子であたりを見回した。

「そういう番組じゃないの」アガサは言った。「イヴシャムの若者全般について質問をしているだけなのよ。カイリー・ストークスについては特に興味を持っているわ」

「お名前は？」マリリンがたずねた。

「ジョン・アーミテージだ」ジョンがにっこりした。「で、こちらはピッパ・ダヴェンポート」

さすが作家だけあって、わたしよりいい名前を思いつけるみたいね、とアガサは思った。ジョンが質問をする役目を引き継いだ。マリリンの暮らしについてたずねると、彼女はくすくす笑い、「ねえ」を何百回もはさんで、ジョンに媚《こ》びを売りながら答えた。

しばらくしてジョンはこう質問した。「誰かドラッグで厄介なことになった人はいるかな？」

「それはないいんじゃない」マリリンは重たげなまぶたでハリーを横目遣いに見た。「フィリスはタフだから、何かやってるかもしれないわね。ねえ、あたしの言う意味、わかるかしら？」

「だけど、知り合いで警察と厄介なことになった人はいないんだね？」

マリリンは首を振った。

「きみたちは知り合ってからどのぐらいなんだい？」

「一年ぐらいかしらねえ。フィリスが〈バーリントン〉ではいちばんの古株なの。三年ぐらいね。あたしは一年。他の女の子たちはあたしの直前に入社したの。つまりね、新規ビジネスなのよ。それからスタッフを増やしていったってわけ、ねえ。それ以前はウスターの小さな会社だった、ねえ、わかるでしょ。ただの配管工事とかの。そのうちミスター・バーリントンがバスルーム設備にまで手を広げようって決めたの」

「カイリーは何歳だったんだね？」

「十八よ、あたしと同じ。十六で学校を出てから、お母さんと市場で働いていたの。カレッジでコンピュータのコースをとった。もっと上をめざしたいって言ってたわ。ねえ、たいしたお嬢さんよね」急に毒のある口ぶりになった。

「あなた、彼女のことを好きじゃなかったようね」アガサが指摘した。

マリリンは紫色のジャケットの下でやせた肩をすくめた。

「それでもヘン・パーティーを開いてあげたの？」

「だって、オフィス仲間だから、ねえ。笑い合って仲良くやっていかなくちゃ」

「じゃあ、ヘン・パーティーについて話してちょうだい」

「ミスター・バーリントンが終業後にオフィスを使わせてくれたの。お酒を飲んで、笑い合って、カイリーを派手な衣装で飾り立てて、おかしな帽子をかぶせて、そのまま通りを歩いて家に帰らせたの、ねえ、わかるでしょ。みんなちょっと酔っ払っていて、笑いころげてたわ、ねえ。通りにいた男の子たちに失礼な言葉を浴びせたりもしたっけ。ハイ・ストリートまで来て解散したわ」

「それで、口げんかとかはなかったの？」

「ないわ。フィリスがいなかったし」

「トラブルメーカーなのね？」

「そうよ。でも、あたしがそう言ったって彼女には話さないで。あの人、ものすごい癇癪持ちなの」

さらにいくつか質問し、いつ番組が放映されるのか、という彼女の質問を受け流すと、二人は席を立った。

「イヴシャムにはいい人がたくさんいるんですけどね」駐車場まで歩きながら、アガサは言った。

「しかし、〈バーリントン〉にはあまりいないようだね」ジョンが意見を言った。「あとはどの女の子に個別に質問すればいいんだろう？」

「あと三人ね」アガサはうんざりしながら言った。「アン・トランプ、メアリ・ウェブスター、ジョアンナ・フィールド」

「住所はわかってる？」

「ええ」

「じゃあ、行ってみよう」

「楽しんでいるみたいね」

「ああ、コンピュータから離れられるし、小説よりもよほどおもしろいよ」

車に戻ると、アガサはメモをじっくり眺めた。「アン・トランプはチェルトナム・ロードに住んでいるわ。そこから訪ねましょう」

「他に探りを入れるべき人間はいるかな？」ジョンがクラッチをつなぎながらたずねた。

「バーリントン本人に会う必要があるわね」

「オフィスでつかまえた方がいいな。自宅がわかっても、奥さんの前では口を割らないだろう」

アガサはハンドルを握っているジョンの方をひそかに窺った。とてもハンサムな男性といっしょにいるのに、わくわくするどころか困惑していた。アガサといっしょでもジョンはくつろいでいる。まるでブックフェアで出会った作家といっしょにいるみたいに。なるほど、そういうことね！　ジョンはアガサに対して仕事仲間に対するように接しているのだ。彼の態度にはまちがいなく性的なものは含まれていない。これっぽっちも。

彼を怯えさせないように冷静に振る舞った方がいいと、ミセス・ブロクスビーにアドバイスされていた。それにしても、牧師の妻が男性に対してそんなに知っているものだろうか？　とアガサはいらだたしげに思った。

またアパートの部屋だろうと思っていたら、アン・トランプの家は広壮なヴィラだった。「両親と暮らしているにちがいない」庭の小道を歩きながら、ジョンは意見を言った。ジョンがドアベルを鳴らした。

ゴルフウェアの男が玄関を開けた。アガサはいつものようにテレビ局の人間だと説明し、アン・トランプにインタビューしたいと言った。男はアンの父親だと名乗ると、振り向いて叫んだ。

「アン！　おまえが話していたテレビ局の女性が来ているよ！」

「どうぞ客間で話してください」父親は言った。「妻はショッピングに出かけていて、これからわたしはゴルフに出てしまうんだ。どうぞくつろいでください」

アガサとジョンはグリーンのベルベット張りのソファに並んですわった。部屋を見回してみて、家族はほとんどキッチンで過ごしているにちがいない、とアガサは思った。というのも、客間の家具はどれも新しく、ほとんど使われていないように見えたからだ。部屋は寒かった。

父親がいなくなって数分すると、アンが部屋に入ってきた。丸顔で大きな茶色の目と黒い巻き毛でとてもかわいらしかった。

「一杯いかが？」アンは壁際のカクテルキャビネットに近づいていき蓋を開けた。『春の日の花と輝く』の旋律が部屋に流れだした。キャビネットの内側にピンクのネオンがついた。ボトルはどれも封が切られておらず、さまざまな大きさのグラスがきちんと並べられていることが見てとれた。どうやらこの一家は酒飲みではないようだ。

アガサがちらっとジョンを見ると、彼は首を振った。ジョンがあまりお酒を飲まないなら、酔って気を許す可能性はなさそうだ、とアガサはちらっと思った。

「いえ、けっこうです」アガサは言った。「こちらにすわっていただけるかしら、アン。別々にお話を聞いた方がいいと思ったの」

アンに仕事と趣味についてたずね、イヴシャムのエンターテインメントについて質問してから、カイリーの死について持ちだした。

「どうして彼女が殺されたのかわからないわ」アンは言った。「だって、殺されるような理由は何もなかったから」

「どういう意味かな？」ジョンがたずねた。

「だって、カイリーはみんなに愛想がよかったし、気楽につきあえる人だったのよ」

「ザック以外に、ボーイフレンドはいた？」アガサは訊いた。

「ハリー・マッコイという男性と婚約していたけど、ザックに乗り換えたの」

「他には？　上司で誰かいない？」

アンは笑った。「ミスター・バーリントンと？　まさか、ありえないわ」では、ハリーは女の子たちにしゃべらなかったのだ。

「では、ザックとの婚約について話してちょうだい。彼女は幸せそうだった？」

アガサはジョンの方をいらだたしげに見た。彼は立ち上がってカクテルキャビネットのところに行き、蓋を開いたり閉じたりしていたのだ。音楽がそのたびに鳴りだした。

「よかったら飲んでください」アンが言った。

ジョンはまたソファに戻ってきた。「あの仕組みはすごいね」

「婚約のことだったわね」アンは言った。「とても幸せそうだったわ。すてきなダイヤのエンゲージリングをもらったのよ。フィリスはもちろんかんかんになったわ」アンは顔を赤らめた。「フィリスにはあたしが話したことは黙っていて。ものすごい癇癪持ちだから」

「わかったわ。ザックはカイリーと婚約する前にフィリスとデートしていたんですってね」

「だから、よけいにがっかりしたのよ、フィリスは。それにカイリーはそのリングをフィリスの目の前で見せびらかしたし」

「にもかかわらず、カイリーには誰かに恨まれるようなところはまったくなかったというのね！」

「あら、でも、女の子っていうのはしょっちゅう口げんかするものでしょ」アンはもったいぶって言った。

「じゃあ、フィリスがカイリーを殺したとは思わないのね？」

アンはくすくす笑った。「テレビで『クライム・ウォッチ』をやるの？　まさに、そういう感じ」

「いえ、ちがうわ」アガサはあわてて言った。「カイリーの死に好奇心がわいたのよ。それにこちらのジョン・アーミテージは探偵小説を書いている有名作家なの」

アンはどうでもよさそうにジョンを見た。「最近、本を読む人がいるとは思わなかったわ。これだけテレビのチャンネルがいくつもあるのに」

「ジョンの本は何百万部も売れているのよ」

「買うのは老人だけでしょ」アンは決めつけた。

「本を読むのは老人ばっかりだから」

用心して、アガサは話題をイヴシャムの若者の楽しみに戻し、それから暇《いとま》を告げた。
「収穫はなかったな」ジョンはあくびを嚙み殺しながら言った。

退屈してきたんだわ、とアガサは思った。意外ではなかった。彼の年齢でも若々しい外見の男性は、たいてい若い女性を追いかけているものだ。わたしはどんどん年をとっている。じきに誰にも見向きもされなくなるわ。

車に乗りこむと、小さな声で言った。「もうたくさんという気分なんじゃない？」
「いや、まだだ。あと残ってるのは？」
「メアリ・ウェブスターとジョアンナ・フィールドね」
「了解。片方が終わったら、ランチにしよう」

アガサはメモを調べた。「メアリ・ウェブスターはフォー・プールズ・エステイトの新しい住宅開発地区に住んでいる。そこを左に曲がって」

しかし、その住所まで来てみると、誰も家にいなかった。「あとはジョアンナ・フィールドだけね」アガサは言った。

5

ジョアンナ・フィールドはポート・ストリートの洪水で浸水した商店の二階にあるアパートに住んでいた。階下のドアベルを鳴らした。

「まだ電気が復旧していないんじゃないかな」ジョンは言って、ドアを押してみた。「開いている。上がっていこう」

階段を上がっていく途中の壁に、洪水でついた水の線が残っていた。ジョンは階段の上のドアをノックした。

ジョアンナ・フィールドがドアを開けた。最初に女の子たちと会ったとき、フィリスの印象があまりにも強烈だったせいで、アガサはジョアンナがきれいだということに気づかなかった。鳶《とび》色の巻き毛で、なめらかな若い肌と知的なグレーの瞳の持ち主だった。

「あら、あなただったんですか。どうぞ」

「お邪魔じゃないといいんですが」ジョンが言った。

彼女が案内してくれた部屋は日差しがさんさんと降り注ぎ、本と花とチンツ張りの家具に居心地よく囲まれ、マックス・ブルッフのバイオリン協奏曲第一番ト短調が流れていた。ジョアンナは音楽を切ると、二人に椅子を勧めた。

アガサが今や定番となった質問をすると、ジョアンナは夜はたいていイヴシャム・カレッジでコンピュータ・プログラミングを勉強している、と答えた。

「もっと上をめざしたいんです。父はあたしが生まれてすぐに亡くなり、ハイスクール時代に母が癌になり、母の看病のために大学進学のチャンスをあきらめました。母はもう亡くなりましたけど」

「お気の毒に」アガサはぼそっと言った。テレビのリサーチという嘘にこの娘を巻きこんだことで、いささかうしろめたかった。「カイリーの死にも興味を持っているんです。ご存じでしょうけど」

「そのことについてずっと考えていたんです」ジョアンナは言った。「カイリーは気の毒に、自分で殺されるような真似をしたんだと思います」

「どういう意味？　どういう根拠で、そんなことを言うの？」

「ひと昔前だったら、〝はすっぱ〟って呼ばれていたでしょうね。男の人を挑発するのが大好きだったし、権力とお金には目がなかった。あんな中年のミスター・バーリントンとつきあったのは、それだけが理由だったんですよ」

アガサはジョアンナをまじまじと見つめた。

「あなた、ミスター・バーリントンとのことを知っていたの？　誰も知らない秘密なんだと思っていたわ。どうしてわかったの？」

「ある日、彼女がお化粧直しに席を立ったときに、書類を探そうとして彼女のデスクに行ったんです。そうしたら、コンピュータの画面に『今夜会おう、愛しい人。いつもの場所で。アーサー』ってメッセージが出てたんですよ。アーサーっていうのはミスター・バーリントンの名前です。それに、会社にはアーサーは一人しかいない。そのあと、ミスター・バーリントンがあれやこれやの口実でしょっちゅうカイリーをオフィスに呼びつけ、三十分ぐらいして出てきたカイリーは口紅がはげて、髪がくしゃくしゃになっていることに気づいたんです」

「きみはすぐれた観察力の持ち主だね」ジョンがジョアンナに笑いかけた。

賢そうなグレーの瞳がジョンに向けられた。

「あなたのこと、知ってると思います」ジョアンナは立ち上がって書棚に行くと、本を一冊とりだして裏表紙の写真を見た。「ジョン・アーミテージですよね？」

「ああ、そのとおりだ」

「どうしてイヴシャムの青年たちにご興味があるんです？」

ジョアンナがまたすわると、ジョンがこう言いだしたのでアガサは驚愕した。

「真実を話そう。こちらのアガサ・レーズンはカイリーを殺した犯人を見つけるために母親に雇われたんだ。わたしはアガサの隣人なので、手伝うことにしたんだよ。これは誰にも言わないでほしい」

「あなたたちがカイリーについてさかんに聞きだそうとするので、おかしいなと思っていたんです。じゃ、こうしましょう。あちこちで聞き回って、わたしも何か探りだせるかやってみます」

「わたしの名刺を渡しておこう」ジョンは言った。「何かわかったら教えてほしい」

ジョンが笑いかけると、ジョアンナも微笑を返した。アガサはいらだたしげに咳払いした。

「カイリーを殺したのは誰だと思う？　ザックかしら？」

「それはないと思います。だって、ザックは彼女に夢中でしたから」

アガサの頭にロビンソン・クルーソー島のカップルの姿がよぎった。ザックとカイリーがあのカップルに似ていることをすっかり忘れていた。とはいえ、アガサは自分の目でザックが憔悴しきっているのを見ていた。

「ハリー・マッコイはどうかしら？」

「彼もちがうと思います。実のところよくわかりません。彼女はドラッグがらみで死んだんでしょ。知るべきではないことを知ってしまったのかも」

ジョンが言った。「じゃあ、よく注意して見聞きしておいてください。あなたに手伝ってもらえてとても助かるよ」また例の微笑。

アガサとジョンは立ち上がった。「お帰りになる前に、サインをお願いします」ジョアンナはジョンにねだった。

ジョンが四冊の本にサインしているあいだ、アガサはいらいらしながら待っていた。

「ありがとうございます」ジョアンナが言うと、ジョンは彼女の頰にキスした。


再び通りに出ると、アガサはつぶやいた。

「さて、ハンバート・ハンバート、これからどこに行くの？」

ジョンはさっと振り向いた。「今、何て言ったんだ？」『ロリータ』の主人公の名前に反応して、彼は詰問した。

「いえ、ランチはどうするのかと思って」アガサはあわててごまかした。

「どこかで軽くすませよう。パブがどこかにないかな?」

「ハイ・ストリートに静かなパブがあるわ。食べ物はあまりおいしくないけど、いつもすいているから話はできるわよ」

〈グレープス〉に入ると、二人はビールとサンドウィッチを注文した。サンドウィッチはパサパサで、パンの端が反り返っていた。

「この店が静かな理由がわかったよ」ジョンは言った。「さて、聞きだしたことを検討してみよう。フィリスはもしかしたらハリー・マッコイに手伝わせて、カイリーにウェディングドレスを着せて家からおびき出して殺したのかもしれない。『ウェディングドレスを見せて』とかなんとか言って」

「それはないでしょ」アガサはパサついたサンドウィッチを食べるのをあきらめた。中年女性の贅肉との闘いには少なくとも役に立つわ。

「じゃあ、バーリントンだな。彼は妻にばれるのを恐れた。カイリーはお金が好きだったっていう話だからね。このバーリントンって男はどんな外見だったのかな。つまり、ああいう若い女の子が中年男性とつきあうのは、あくまでお金だけが目当てなのかなと思って」

「もちろん、そうでしょ」ジョアンナのことを考えながら、アガサは言葉に力をこめた。

「じゃあ、カイリーがバーリントンを脅迫していたとしたら」

「かもしれない。警察は彼女の通帳を調べたかしらね」

「そうする理由がなかっただろう。バーリントンとの関係を知っていれば調べるだろうが、警察は絶対に知らないはずだ」

「フリーダ・ストークスに会ってもいいわね。だけど、どういう理由で、カイリーの口座の取引明細書を見たいって言うの？」

「ただ見せてくれって言えばいいんじゃないかな。調査の一環だと思うだろう。フリーダはどこに住んでいるんだ？」

「ジョアンナの家の近くよ。税務署の角を曲がったところ」

「じゃあ、行ってみよう。そのサンドウィッチは食べるつもり？」

「喉を通らないわ」

「じゃあ、フリーダ・ストークスのところで何かつかめないか行ってみよう」

フリーダは赤煉瓦の連棟住宅に住んでいた。

「ここはシャロン・ヒースの家とも近いわね」アガサは言った。

フリーダがドアを開けた。一瞬目をみはってから、アガサに笑いかけた。

「あなただったのね。驚いた！　ウィッグと眼鏡でこんなに変わるとはびっくりだわ。どうぞ入ってください。本当なら仕事なんですけど、ちょうど休憩をとっていたところなんです」

案内された一階の小さなリビングは亡き娘のいわば聖廟《せいびょう》のようになっていた。テーブルにも壁にも、額に入れたカイリーの写真が所狭しと飾られている。学校時代のカイリー。五月の女王に選ばれたカイリー。小柄な男に抱かれた幼児のカイリー。

「これがご主人ですか？」アガサは写真の男性を指さした。

「ええ、ビルです。カイリーが小さいときに癌で亡くなったんです」

アガサはバッグの奥に入っている煙草の箱のことをうしろめたい気持ちで考え、禁煙しようと改めて心に誓った。

「何かお飲みになります？　お茶でも？」

「いえ、とりあえずけっこうです」アガサは言った。「実はカイリーの口座の取引明細書を拝見できないかと思ったんですけど」

「なぜ？」

「調査の一環ですよ」ジョンが口をはさんだ。

「それで、あなたはどなたですか？」

「すみません」アガサはジョンを紹介した。

「部屋に行ってとってきますけど、どうしてごらんになりたいのかさっぱりわからないわ」

二人が無言のままでいると、フリーダは疑わしげな視線を向けてからリビングを出ていった。階段を上っていく足音が聞こえた。

「感じのいい女性だ」ジョンが言った。「彼女のために、明細書に興味深い記載がないことを祈ってるよ」

二人は辛抱強く待った。部屋は暗くなってきて、外では雨が降りだした。雨は窓ガラスに筋を引き、通りを突風がヒューヒュー音を立てて吹き抜けていく。

ようやくフリーダが取引明細書を持って戻ってきた。目は真っ赤で今まで泣いていたようだった。

「これです。すぐに戻ってきます。娘の持ち物を探していたら、とても動揺してしまって」

ジョンは取引明細書をふたつに分けた。「はい。あなたはこちらを調べて。わたしはこっちに目を通すから」

二人は明細書を調べていった。どうやら、カイリーのお給料は銀行に振り込まれるやいなや使われてしまうようだった。やがてジョンが声をあげ、アガサに明細書を回してきた。「これを見て。亡くなる前の週に一万五千ポンドが振り込まれている！」

「バーリントンじゃないかもしれないわ。ザックのお父さんから嫁入り道具を買うためのお金として振り込まれたのかもしれない」

フリーダが戻ってきた。「お茶を淹れますね」

「まず確認したいことがあるんです」アガサは切りだした。「亡くなる前の週に口座に一万五千ポンドが振り込まれているんです」

「まさか、そんなこと。見せてください！」

アガサが銀行の取引明細書を差しだすと、フリーダはそれをひったくるようにとった。

「どういうことなの」フリーダは哀れっぽい声をあげた。「いつもお金がない、ないって言ってたのに。お金をくれって、しじゅうせがまれたわ。銀行のまちがいに決まってる」

アガサは深く息を吸いこんだ。「こんなことを申し上げるのはつらいんですが、フリーダ、お嬢さんのカイリーはボスのミスター・バーリントンと関係を持っていたんです。もしかしたら彼を恐喝していたのかもしれないと考えています」

フリーダの顔がまだらに赤く染まった。「そんなけがらわしい話は聞きたくありません。説明はつくわ。そのお金はたぶんテリー・ジェンセンからです」フリーダは電話のところに歩いていき、ダイヤルした。挨拶してから、カイリーに一万五千ポンドをあげたかとテリーにたずねているのが聞こえた。答えはあきらかにノーだったようで、フリーダは困惑したように首を振りながら受話器を置いた。それから、さっと振り向いてアガサを怒りに燃える目でにらみつけた。「帰ってちょうだい。二度と来ないで!」

「でも、フリーダ……」

「フリーダなんて気安く呼ばないで。あんたはただの中年のお節介女よ。カースリー村のアンストルザー＝ジョーンズっていう人の忠告を聞けばよかった。調査を頼みに行った帰り道に呼び止められて、悩んでいるようだけど、どうしたのか、力になるって言われたのよ。あんたを訪ねた理由を話すと、用心した方がいいって忠告された。ミセス・レーズンは本当は犯罪なんてひとつも解決したことがない、解決したのはいつも警察だ、ミセス・レーズンはただ馬鹿げた質問をして、人の秘密をほじくりだしているだけだ、って言ってたわ。娘の名前を汚されるわけにはいかない。もうこれっきりにしてちょうだい」

アガサは玄関に向かった。そこにはすでにジョンが待っていて、ドアを開けてくれた。アガサは反論しようとした。

「誰がカイリーを殺したのか知りたくないの?」

「出てって!」フリーダは叫んだ。

二人は外に出た。車に歩きながら、アガサは力なく言った。

「これからどうする?」

「バーリントンは別の機会にしよう。もう一度メアリ・ウェブスターを訪ねてみよう」

チェルトナム・ロードから入ってフォー・プールズ・エステイトまで車を走らせた。途中でカイリーがよくアーサー・バーリントンと会っていたというイヴシャム・カレッジを通過し、右折して〈セイフウェイ〉スーパーマーケットの向かいにある住宅団地に入った。

「あのあたりよ」アガサは端の家を指さした。「ええ、そこよ」

フリーダに怒りをぶつけられたせいで、アガサはまだおののいていた。フリーダのために調査をしていたときは、本物の探偵のように感じていた。いまはぺしゃんこにされた気分だった。家に帰って、すべて忘れてしまいたかった。ジョンはハンサムだが、あまりいい相棒ではなく、整った顔はどことなくロボットのように見える。肌がなめらかすぎるし、この年の男性にしては皺《しわ》ひとつない。ジェームズ・レイシーは鼻が高く、手足が長くてすらっとしているハンサムだった。チャールズはおしゃべりだった。たぶんジョン・アーミテージはフェイスリフトにお金をつぎこんだのだろう。

彼がベルを鳴らしているあいだ、耳の周囲にフェイスリフトの痕跡がないかとアガサは穴の開くほど見つめた。とうとう彼は振り向いて、ほとんど感情が読みとれない緑の目で不思議そうに彼女を見た。

ドアが開いた。疲れた顔の女性があわてた様子で立っていた。背後から赤ん坊の泣き声が聞こえてくる。

「テレビ局から来ました」アガサは言った。「メアリ・ウェブスターはご在宅ですか?」

女性は振り向いて甲高い声で叫んだ。「メアリ!」それから二人の方を向いて言った。「本当に申し訳ないんですけど、あがっていただけないの。メアリがどこかにお連れするわ」

彼女がわきにどくと、メアリがレインコートをはおりながら現れた。

「まだ降っているでしょ？」彼女はたずねた。

「もう雨は止みましたよ」ジョンが言った。

「どこかでコーヒーを飲んできてちょうだい」母親が言った。「バニーに授乳しなくちゃならないから」その言葉を裏付けるかのように、家の中でまた怒った泣き声があがった。

「いやになっちゃう」メアリは肩越しにつぶやくと、先に立って短い庭の小道を歩きだした。「ママはもういい年だから赤ん坊なんて産むのは無理なのよ。でも、この始末なの」

「角を曲がったところに〈リトル・シェフ〉があるわ」アガサはジョンに言った。

「そこに行きましょう」

メアリはとても小柄で、とてつもなく高いハイヒールをはいていた。生意気そうな顔つきで、鼻が上を向いている。ジョンは『くまのプーさん』に登場するピグレットを連想した。間隔の狭い目は小さく、五分後、〈リトル・シェフ〉でコーヒーのカップを前にすわったとき、その目は興味しんしんで二人を観察していた。

アガサはジョンを紹介し、そろそろ飽きてきたが、イヴシャムの若者の娯楽について同じ質問をした。それからカイリーが殺されたことに話題を持っていった。

「今、本当に知りたいのは、カイリーがドラッグをやっていたかどうかってことなの」

「彼女がやっていたことは知ってるわ、たぶん一度だけだけど」

「それについて話してちょうだい」

ふいに警戒心をあらわにした。「それ、テレビに出ないですよね？　ママに殺されちゃうわ」

「ええ、約束するわ。ほら、テープレコーダーもカメラもないでしょ」

「あるとき〈バーリントン〉でトイレに入っていったら、カイリーが煙草を吸っていたんです。すごく変な臭いの煙草ねって言ったら、カイリーはクスクス笑って、これはマリファナだけど、ちょっと吸ってみる？　って言った。だから、いっしょにマリファナを吸ったら、二人とも笑いが止まらなくなって。カイリーに誰にも言わないで、って口止めされたんです」

「それはいつのこと？」ジョンが質問した。

「うーん、去年かな」

「当時、彼女はザックとつきあっていた？」

「いいえ、ハリーと婚約していたの——ハリー・マッコイと」

「マリファナをどこで手に入れたか、話したことはある?」

メアリは首を振った。「ハリーとバーミンガムのクラブに行ったことしか知らない。たぶん、あっちで買ったんじゃないかな」

「ヘロインは?」とアガサ。

「ううん。その手のドラッグをやっている様子はなかったわ。ねえ、テレビに出るときは何を着たらいいの?」

「ほとんどディスコで撮影する予定なの。だから、いつもディスコに行くときに着ている服でいいわ」

「服の経費はもらえるんですか?」

「わたしですら経費なんて出てないのよ」

「でしょうね、見ればわかるわ」中年に対する若者の残酷さをむきだしにしてメアリは言うと、アガサの地味なスカートとブラウスとジャケットをじろじろ見た。「流行のものを身につけて、もっと若く見せるようにしたらいいのに」

「わたしはカメラの前に立たないから。たんにリサーチをするだけなの」

「だけど、服装をどうにかしてフェイスリフトをしたら、脚光を浴びられるかもしれないわよ」メアリは見下したように言った。

「その言葉、そのままお返しするわ」アガサは険しい声になった。「インタビューを続けましょう」

メアリは肩をすくめた。「あたしにはあまり興味がないみたいですね。カイリーのことばっかり。彼女はもう死んでるのよ」

ジョンがあとを引き継ぎメアリの生活についてたずねているあいだ、アガサはあくびを嚙み殺しながら窓から行き交う車を眺めていた。

とうとうジョンがメアリに微笑みかけて、こう言ったので、アガサはほっとした。

「とりあえずはこれで十分です。行こうか、ピッパ?」

アガサはそれが自分の名前だったことをあわてて思い出した。

「家まで送ってくれるとうれしいんだけど」メアリがジョンにせがんでいた。

二人は彼女を家で降ろした。

「村に戻ろう」ジョンが言った。「そして、わかったことを話し合ってみよう。あなたの家にする? それともぼくの家?」

「永遠に訊かれないかと思ってたわ」アガサは思わせぶりにからかった。もっとも、彼の驚いた表情から、それは言葉どおりの質問であって、殺人事件の調査よりももっと親密なことをしようという誘いではないと気づいたのだが。

「うちで」アガサは言った。「猫たちに餌をあげなくちゃならないから」

「ウスター警察に電話した方がいいね」アガサのキッチンに腰をおろすとジョンが言った。

猫をなでていたアガサは体を起こし、じっとジョンを見つめた。

「どうして？」

「銀行の取引明細書のことを話さないと」

「フリーダ・ストークスのために、お嬢さんの名誉を守るべきじゃないかしら。だって、もしかしたら彼女の死とバーリントンとは関係ないかもしれないでしょ」

「バーリントンと無関係でも、誰かが関わっているわけだよ。警察なら小切手で入金があったのかどうか銀行にたずねられるし、それだったら入金者が誰なのか突き止められる。こういう情報は隠しておくべきじゃないよ」

「だけど、調べたのはわたしたちなのよ！」

「それでも、警察に伝えた方が気分がずっとよくなるよ」

「あと一日だけちょうだい」アガサは必死に頼んだ。「明日バーリントンに話を聞きに行って、それから警察に行きましょう」

ジョンは眉をひそめた。「そうすると、どうしてこの情報を隠していたのか説明しなくてはならない」

「たった今わかったと言えばいいわよ」アガサはいらいらしてきた。

「となると、警察はミセス・ストークスのところに取引明細書を見に行き、彼女からわたしたちが今日には知っていたことを聞くだろう」

「朝いちばんでバーリントンのところに行き、それからまっすぐ警察に行きましょう」

「ああ、わかったよ。新聞を何紙も買ったんだね。警察が何かつかんでいるかどうか調べてみよう」

アガサはコーヒーを淹れ、キッチンのテーブルにジョンと向かい合わせにすわると、さっそく新聞を読みはじめた。アガサは新聞の活字に目を細め、立ち上がってキッチンの引き出しから拡大鏡をとりだしてきた。

「眼鏡をかけた方がいいですよ」ジョンが言った。

「眼鏡なんて必要ないわ」アガサは言い返した。「キッチンが暗いからよ」

ジョンは肩をすくめ、また新聞に目を戻した。

アガサは拡大鏡を持ち上げると、拡大鏡越しに彼を観察した。アガサは視力が以前よりも落ちていることをなかなか認めたくなかったが、そうやって拡大鏡で見ると、ジョンの額や目の周囲に皺があり、ほうれい線も刻まれていることに初めて気づいた。ふいに彼が顔を上げたので、アガサはうしろめたそうに頬を赤らめ、拡大鏡をおろした。

「何を探しているのかな？　毛穴の黒ずみ？」

「あなたはいつもとても若く見えるけど、皺を見つけたわ」

「じゃあ、やっぱり眼鏡が必要だな。喫煙のせいでまちがいなく視力が落ちるし、口の周囲に皺がいっぱいできますよ」

アガサは片手でさっと口元を覆った。その瞬間、太陽が顔を出し、キッチンに光があふれた。

「馬鹿なこと言わないで。ちゃんと問題なく文字は読めるし、今日は一本も煙草を吸っていないわ」その言葉が口から出たとたん、やみくもに煙草を吸いたくてたまらなくなった。「ただし、今、一本吸うけど。かまわないわよね？」

「ああ、どうぞ。わたしはニコチン・ナチスじゃないからね」

アガサは煙草に火をつけた。頭がくらくらし、ひどい味がしたが、ニコチンの禁断症状が出ていたのでめまいがおさまるまで吸い続けた。

次々に新聞を読んでいったが、何も新しい情報はなかった。ジョンはもう家に帰る、また明日の朝早く迎えに来ると言った。

アガサはうちでディナーを食べていって、と言おうとしたが、ミセス・ブロクスビーの言葉が頭をよぎった。彼女のアドバイスどおり、冷静にふるまうべきなのかもしれない。でも、牧師の妻が恋愛について何を知っているというのだろう？

自分のコテージに戻ると、ジョン・アーミテージは電話をそわそわと見た。やっぱり警察に電話するべきだった。もっとも警察が今日のうちに銀行の取引明細書についての情報を手に入れていたら、自分たちが情報を隠していたことはまるで問題にならないだろう。

車に乗りこむとイヴシャムまで走り、ハイスクールの公衆電話に行った。ウースター警察の番号をダイヤルする。中部地方の訛りに聞こえることを祈りながら、作り声で早口に言った。

「カイリー・ストークスの口座の取引明細書を調べてみろ」

すぐに受話器を置くと、気分がぐっとよくなり、アガサ・レーズンが望んでいるような悪い市民にならずにすんだ、と胸をなでおろした。

月曜の朝、アガサとジョンはバーリントンに会うために、またイヴシャムに車を走らせた。ジョンは黙りこくっていた。警察に通報したことをアガサに打ち明けるべきだと感じたが、とてもできそうになかった。元妻は気に入らないことがあると、びっくりするほど大騒ぎした。アガサはおそらく元妻以上に感情的になりそうだ。

受付カウンターで注文を受けたり、スペアの部品を売ったりしている男に、テレビ局の人間だがミスター・バーリントンに会えるかとたずねた。彼は奥の部屋に入っていき、十分後に戻ってきた。「こちらにどうぞ」カウンターのフラップを上げながら言った。

廊下を進んでいき、とあるドアの前まで来ると受付の男がノックをし、二人は中に入った。

アーサー・バーリントンがどっしりしたデスクの向こうで立ち上がり、握手の手を差しのべた。

「リサーチをしていることはうかがっています。お会いできて光栄です。おすわりください」

二人はデスクの向かいの安楽椅子にそれぞれすわった。

バーリントンは薄くなりかけた黒い髪を頭頂部の端から端までなでつけている肥満体の男だった。肉付きのいい赤ら顔で、鋭い小さな目をしている。ぼってりした手の甲には黒い毛がびっしり生えていた。

「何をお知りになりたいんですか？」

アガサは今回ぐらいは質問を主導してほしいと思って、ちらっとジョンを見たが、彼はまっすぐ前に視線をすえているだけだった。アガサは咳払いした。ずばり核心に切りこんだ方がよさそうだ。

「リサーチをしていて、カイリーが殺された事件に興味を持ったんです。彼女はあなたと関係を持っていたようですね。銀行の取引明細書によると、亡くなる前の週に一万五千ポンドが彼女の口座に振り込まれています。彼女に恐喝されていたんですか？」

アーサー・バーリントンは怒りで顔を真っ赤にしてさっと立ち上がった。

「よくもそんなことを！　ここから出ていってくれ。警察を呼ぶぞ」

「どうぞ呼んでください」アガサは応酬した。

バーリントンはデスクのブザーを押した。受付で見かけたがっちりした男がドアから飛びこんできた。「どうしたんですか、社長？」

「二人をここから放りだしてくれ、ジョージ。そして二度と入れないように」

アガサとジョンは急いで立ち上がり、ドアに向かった。廊下を追い立てられるようにして外に出ると、威嚇的なジョージが腰に手をあてがって立ち、二人の車が走り去るまで見張っていた。

「これからどうしましょう？」アガサがたずねた。

「ウスターだよ、アガサ。あなたがどう言おうと耳を貸さない。警察に行くんだ」

ウスターに行く途中で、ジョン・ブラッジ警部がいませんように、とアガサは心の中で祈っていたが、祈りは聞き届けられず、到着するなりまっすぐにブラッジ警部のところに連れていかれた。

名前を名乗ってから、ジョンが二人で調べたことの概略を説明した。

「きのう来ようと思ったんですが、日曜なのでお休みだと思って」

「休みなんてありませんよ」ブラッジは言った。彼はじろっとアガサを見た。「事件に関わらないように、と言っておいたはずですが」

「いいえ、言いませんでした。逆にこれだけの情報をつかんだんですから、感謝していただいてもいいと思いますけど」

ブラッジは険悪な目つきで二人をねめつけた。

「ところで、きのうの夜イヴシャムの公衆電話から、カイリー・ストークスの銀行口座を調べろ、と匿名で電話してきたのは、あなたたちのどちらかですか?」

「ちがいます」アガサは言下に否定しながら、ジョンが通報したのかも、と思った。

「テレビ局の人間になりすますような真似は止めていただきたい。さもないと告訴しなくてはならない」

「だけど、リサーチを止めたら、これ以上あなたのために情報を集められないですよ」

「いいですか、ミセス・レーズン、あなたのお節介がなくても、われわれは真実に到達できるんです」

「あら、そうですか? カイリーの銀行口座を調べることすら考えつかなかったんじゃありません?」

「だとしても、テレビ局の人間だと偽って人々をだますことを見逃すわけにいきません。以前にも言ったが――」

「言いませんでした!」

「では、今言っておきます。今後はわたしたち警察にすべて任せてください」

さんざんお灸《きゅう》を据えられて、二人は警察署から出た。

「誰かに殺されそうになったことを言わなかったね」ジョンが言った。「あなたの口から伝える方がいいかと思って黙っていたんだが」

「言えなかったの」アガサは嘆いた。「それって、まさに情報を隠していたことになるでしょ。幸い、あなたのおかげで、すべてきのう調べたと思わせることができたわ」アガサはちらっとジョンを窺った。「ねえ、カイリーの銀行口座について匿名の通報をしたのはあなたよね？」

「ああ」

「そう、ずいぶん抜け目がないやり方ね」

「良心がとがめたんだ、アガサ」

「今後はもう良心がとがめることもないわよ」アガサは憂鬱そうに言った。「これ以上調べることは禁じられたから」

「考えてみよう。一杯飲みに行こうか」

まもなくウスターのパブにすわり、二人は無言で顔を見合わせていた。彼、わたしのことをどう思っているのかしら、とアガサは思った。女性として見ているの？　口の周囲に皺ができていて、醜いと思っているのかしら？　年をとっている？　ジョンはジョアンナ・フィールドがすっかり気に入ったようだ。彼が最後にセックスしたのはいつかしら？　でも、この人のことは好きになれないわ。ただの仲間みたいに扱われるのが気に食わないせいね。

「ずっと考えていたんだが」とうとうジョンが口を開いた。「何か調査を続ける方法があるんじゃないかな。そのウィッグと眼鏡で、あなたはすっかり外見が変わってしまう。変装をやめて、ピッパになっていたときと同じ服を着ないようにすれば、うまくいくと思うんだ。いいかい、こう説明しよう。テレビ局は企画を中止したが、わたしはピッパを手伝っているあいだにカイリーの死に興味を持った。しかも隣人は有名な素人探偵だ。となると、わたしたちが調査を続けるのはごく自然なことじゃないかな？」

「変装しなければ、本当に別人に見えると思う？」

「思うよ。あれはとてもボリュームのあるブロンドのウィッグだったし、眼鏡は大きかった。うまくいくと思うな」

「じゃあ、ここからどこに行く？　ミルセスター警察にビル・ウォンという友だちがいるの。彼にウスター警察が何を追っているのか訊いてもいいわね。ビルは向こうに友人がいるのよ」

「まずそこから始めよう。警察はカイリーの銀行口座からたいして手がかりを得られないんじゃないかと思うよ。金はたぶん現金で入金された気がするんだ」

「だけど、バーリントンの口座を調べたら、彼がお金をおろしているかどうかわかるでしょう」

「たしかに。あなたがどうにかしてミセス・バーリントンと知り合えるチャンスがあるといいんだけどなあ。今となっては彼女に話を聞きに行くことはとうていできないよ。彼女の社交生活はどんなふうなんだろう?」

「イヴシャムに戻って、郵便局の電話帳で調べてみましょう。バーリントンの自宅の住所がわかると思うわ」

アーサー・バーリントンはイヴシャムのグリーンヒル地区に広壮な邸宅をかまえていることがわかった。「家の近くに車を停めよう」ジョンが言った。「ミセス・バーリントンらしき人が出てきたら、あとをつけて、美容院に行くとかコーヒーを飲むとかするのを待つんだ」

アガサのおなかがグウッと鳴った。「そろそろ食事をしない?」アガサはたずねた。

「ものすごく空腹だけど、まずこっちが先だよ」

二人はバーリントン邸のすぐ前に駐車した。静かな並木道になった通りだった。ジョンはグローブボックスを開けた。「よかった、ここにチョコレートを入れてあったんだ」

「すてき、わたしにちょうだい」

「半分ずつだ」

二人はチョコレートを食べ、屋敷を見張った。

「何を考えているの？」アガサがたずねた。

「バーリントンのことで？」

「いえ、バーリントンのことじゃなくて、一般的なことで。わたしたち、事件の話しかしていないでしょ」

「他に何を話して欲しいんだい？」

「あなたのことよ、たとえば」

「他に知らなければならないようなことがあるかな？」ジョンはムッとしたように言った。「離婚していて、子どもはいない。探偵小説を書いている」

「他にも話題はあるでしょ。本とか、映画とか」

「ああ、本か。あなたは『残酷な無実』を読んでくれたんだよね。現実感がないって言ってたけど、それについて説明してほしいな」

アガサは唇を噛んだ。バーミンガムのスラム街について詳しく知っていることをジョンに知られたくなかった。

ありがたいことに、ちょうどそのとき、バーリントンの屋敷の入り口から女性の運転する車が出てきた。

「見て！」アガサは叫んだ。「あれがたぶん奥さんよ」

「慎重につけていこう」ジョンは言って、エンジンをかけ、クラッチをつないだ。「尾行に気づかれたくないからね」

「つけられていることなんて気づくものですか。尾行に気づくのはスパイ小説の中だけだわ」

ミセス・バーリントンだと思われる女性はイヴシャムに行き、マーストウ・グリーンに駐車した。車から降りてくると、スリムなブロンド女性で、日に焼けた長い脚にはスニーカーをはいているのがわかった。まっすぐエステサロンに向かっていく。

「今日、ピラティスのクラスがあるんだったわ」アガサは言った。「忘れていた。角を曲がったところにあるハイ・ストリートの安い店でレギンスとTシャツを買ってくるわ」

「わたしも何か買ってこよう。運動は体によさそうだ」

「あなたの枠は空いてないかもしれないわ。でも、訊いてみましょう」

十分後、ローズマリーは二人とも歓迎してくれた。「ついてましたね」ジョンに言った。「予約していた女性お二人が現れなかったんです。でも、リラクゼーションは終わってしまいましたけどね」


膝をぐるぐる回し、ハムストリングをストレッチし、腹筋を鍛えるきついエクササイズをしながら、アガサはこっそりミセス・バーリントンを観察した。彼女は染めたブロンドの髪を長く伸ばしていた。とてもスリムで日焼けまでしていたが、色からして、ブロンズターナーを塗って日に焼けた肌に見せかけているようだった。顔にはほとんど皺がなく、モディリアニの絵の人物のように長い顔をしている。集中力は抜群だった。クラスの他のメンバーたちはエクササイズをしながらうめいたり、しゃべったり、笑ったりしていたが、ミセス・バーリントンは最初から最後まで自己陶酔しているかのように集中していた。

こういう女性とはおしゃべりできそうにないわ、とアガサは思った。スリムな体と皺のない顔を維持するために、多額のお金を注ぎこんだにちがいない。レオタードも高級品だった。

クラスが終わると、ジョンはエクササイズ室に残り、女性たちは別の部屋に着替えに行った。

「運動したあとはいい気分ね」アガサはミセス・バーリントンに話しかけた。「お会いしたことなかったわよね。アガサ・レーズンよ」

「ステファニー・バーリントンよ」彼女は冷たいまなざしで答えた。「さて、失礼するわ」

アガサはステファニーがコートを着て階段に向かうのをなすすべもなく見送っていた。急いできついレギンスとTシャツを脱ぎ捨てると、街用の服を身につけた。エクササイズ室にいるジョンのところに駆けていくと、驚いて棒立ちになった。ジョンはステファニーと和気あいあいとしゃべっていたのだ。彼女はとてもはしゃいでいて、「でも、あなたの本はすべて読んだんです」と言っているところだった。

ステファニーはアガサの方にほっそりした背中を向けていたが、その肩越しにジョンは先に行けと目配せした。

アガサはしぶしぶ一階に下りていった。これからどうしよう？　車の中で待つ訳にはいかなかった。ジョンがキーを持っているのだ。

車に隠れるようにして見張っていると、ようやく二人が出てくるのが見えた。歩道でしばらく立ち話をしていたが、ジョンが駐車場の方に歩いてきたのでほっとした。

「それで、首尾はどうだったの？」アガサはせっかちにたずねた。

「今夜ディナーをごちそうすることになったよ」彼は自慢げに報告した。

「どこで？」

「うちだ」

「わたしも行ってもいい？」

「それはまずいよ。彼女は本を書くことについてわたしと話したがっているんだ。あなたがいたんじゃ、自由に話せない」

「誰と会う予定か知ったら、夫が止めるかもしれないわ。今朝の一件で、あなたのことは覚えているでしょうから」

「彼には知られないよ。自分のやることなすことすべてを夫は馬鹿にするから、何も言わないつもりだって言ってたよ」

「彼女、あなたに気があるのね？」

「ああ、そうだろうね」

「わたしが男ならああいうタイプは好きにならないでしょうね」車が走りだすと、アガサは言った。「不感症みたいだもの」

ジョンはにやっとした。「いや、彼女は絶対に情熱を内に秘めていると思うよ」

その晩、アガサは一人で落ち着かない気持ちで過ごしていた。ジョンに恋心を抱いているわけではなかったが、それでも、まずジョアンナ・フィールド、お次はステファニー・バーリントンに関心を持ったことがいまいましかった。もちろん、それも事件に関連してのことにちがいないとは思うのだが。そこでミセス・ブロクスビーを訪ねることにした。

ミセス・ブロクスビーはアガサの冒険について熱心に耳を傾けてから言った。

「テレビ局のリサーチャーになりすましたことで警察に調書をとられずにすんで、本当にラッキーだったわね」

「警察はやることがたくさんあったのよ。そもそも警察だけじゃわからなかったことを、わたしがいろいろ見つけてあげたんだし、お金のために誰かをだましたわけじゃないもの」

「それで、今、ジョンはステファニー・バーリントンといっしょなの？」

「そうよ」アガサは苦々しい表情になった。「たしかに彼はハンサムだけど、わたしは一切気のあるそぶりはしていないわよ。だけど、こっちを女性として見ていないことが癪に障るの」

「あら、あら。でも、あれだけつらいことがあったあとで、また誰かと関わりたくないでしょ」

「なんだか自分がみっともなくて誰からも見向きもされない女性のような気がするのよ」アガサは意気消沈していた。

「アガサ、あなたはもうティーンエイジャーじゃないのよ。大人の女性だわ。お世辞を言ってくれる男性がいなくても、自分で自分の外見はちゃんと判断できるはずよ」

「わかってる、わかってるわよ。だけど、そう感じるんだから仕方ないわ」

「このミスター・バーリントンがいかにも殺人犯らしく思えるわね」

「同感よ。でも、なんだか興味が薄れてきちゃって。話を聞いてくださってありがとう。今日は早く寝ることにするわ」

「ちょっと待って。あなたにあげたいものがあるの」

ミセス・ブロクスビーはキッチンに行き、キャセロールを持って戻ってきた。

「これどうぞ。ダンプリング入りのラムのキャセロールよ。あなた、ちゃんと食事をとっていないんじゃない？」

「ありがとう。このところちゃんと食べていないの」

アガサはコテージにキャセロールを持ち帰った。ライラック・レーンに入ったとき、ステファニーの車がジョンのコテージの外に停まっていないことに気づいた。

キャセロールをキッチンのテーブルに置くと、彼に電話した。

「ああ、アガサ」ジョンは言った。「電話しようとしていたんだ。彼女は現れなかったんだよ」

「ミセス・ブロクスビーからラムのキャセロールをいただいたの。たくさんあるわ、二人分くらい。ごいっしょにいかが？」

「それはご親切に。でも、もう食事はすませたし、新しい本にとりかからなくてはならないんだ。また今度。じゃ」

アガサはのろのろと受話器を置いた。ま、こういうことなのね。キャセロールを温めて、自分の分を皿に盛りつけ、猫たちにも小皿に分けてやった。

ドアベルが鳴った。アガサはぱっと立ち上がった。ジョン！

だが、ドアを開けると、ミセス・アンストルザー＝ジョーンズが立っていた。

「何なの？」アガサはぶしつけにたずねた。

「入ってもいいかしら。お願いがあるの」

「いいわよ」

アガサがさっさと家の中に入っていくと、ミセス・アンストルザー＝ジョーンズはついてきた。「それで、何なの？」アガサはまたたずねた。

「変わったお願いなの。実はね、若い頃の知り合い――トム・クラレンスって言うんだけど、彼が電話してきて、イヴシャムで夜遅くに一杯やらないかって誘ってきたのよ」彼女はうれしそうな笑い声をあげた。「昔、彼にお熱だったのよ。彼は結婚しているけど、イヴシャムのホテルで会う予定なの」

「それがわたしと何の関係があるの？」

「ほら、彼は結婚してるじゃない？　密会相手がわたしだって知られたくないのよ」

「それで？」

「あのブロンドのウィッグと眼鏡を借りられないかしらと思って。変装できるでしょ」

「いいわよ」アガサはふいに疲れを覚えた。「もう必要ないから。とってくるわ」

彼女は寝室に行った。まったく嫌になるわ、と思いながら、ウィッグと眼鏡を手にとった。ミセス・アンストルザー＝ジョーンズみたいな不細工なおばさんですらデート相手がいるなんて。

アガサは一階に行き、ミセス・アンストルザー＝ジョーンズにそれを差しだした。

「誰にも言わないでくれる？」

「わかった」

ミセス・アンストルザー＝ジョーンズはまた含み笑いをもらした。

「あなた、こういう秘密の関係はお手の物なんでしょ」

アガサが答える前に、彼女はコテージを出ていった。

アガサは思い切りドアをたたきつけて閉めた。

そのときはミセス・アンストルザー＝ジョーンズと二度と会えなくなるとは思ってもいなかった。

6

翌朝目覚めるとお天気がよかったので、またアガサは元気がわいてきた。事件のことは忘れ、ロンドンのロイに電話してフリーの仕事がないか訊いてみよう。そうすれば忙しく過ごすことができる。キッチンの窓から外を眺めた。庭では雑草が伸び放題になっていた。ふだんなら村人のジョー・ブライズに頼み、いらいらするほど仕事が遅いくせに高い料金をふんだくられていただろう。しかし、ロイから仕事をもらえなかったら、何もすることがないと気づき、鍬《くわ》を見つけてくるとガーデニング用手袋をはめ、雑草とりの作業にとりかかった。

猫たちは珍しく愛情を示してくれ、日だまりで彼女の脚に体をこすりつけてきた。わたしがいかにも村の女性らしく、一日じゅう家や庭で家事をして過ごすようになれば、猫たちも評価してくれるかもしれないわ。カイリーが殺された事件を解決しようとして、首を突っ込まなければよかった。ジョンが女性として評価してくれないこと

ですっかり自信が失われ、探偵仕事についても、ただのドジな素人だという気になりかけていた。タンポポのしっかり張った根を引っこ抜こうと悪戦苦闘していると、ドアベルが鳴るのが聞こえた。

アガサはしゃがんだまま振り向き、ベルの音に出ようか出るまいか迷った。ジェームズ・レイシーがいたときは、いつも胸を高鳴らせてドアに駆けて行ったものだ。しかし、ジョンかもしれないと思っても、心は動かなかった。またベルが鳴り、かすかに叫んでいる声が聞こえた。「警察です！」

今度は何？ アガサは立ち上がると、急いで玄関に向かった。ドアを開けたとたんに、またベルが甲高く鳴った。ブラッジ警部が女性警官と私服の刑事といっしょに立っている。

アガサは三人をリビングに通した。「ゆうべはどこにいたんですか？」ブラッジ警部が厳しい声でたずねた。

「なぜ？」

「いいから質問に答えてください」

「テレビではこういう場面をしょっちゅう見るけど、現実に起きるとは思っていなかったわ。いいえ、あなたが事情を話してくれるまで質問に答えるつもりはありません」

二人はしばらく見つめ合っていたが、とうとうブラッジは肩をすくめた。

「ミセス・アンストルザー＝ジョーンズが今朝早く死んでいるのが発見されたんです」

あのウィッグと眼鏡、とアガサはあせりながら考えた。誰かがわたしだと勘違いしたの？

「どうやって殺されたんですか？」

「ひき逃げです」

「どこで？」

「ウォーターサイドで。ゆうべの行動を説明していただけますか？」

「午後遅くここに戻ってきました。そのあとミセス・ブロクスビーを訪ねたわ、牧師の奥さんの」

「それは何時でしたか？」

「ええと、七時頃かしら。はっきりわからないわ。少ししゃべってから、家に帰ってきたの」アガサは覚悟を決めた。「そのあとミセス・アンストルザー＝ジョーンズが訪ねてきたんです」

「時刻は？」

「それもはっきりわからないわ。たぶん十時ぐらいね」

「で、どういう用件だったんですか？」

「彼女、昔の知り合いに会う予定があって、わたしのブロンドのウィッグと眼鏡を借りに来たんです。相手は結婚しているし、イヴシャムのホテルで遅くに一杯やるつもりだから自分だと知られたくない、って言ってたわ。わたしはウィッグと眼鏡を彼女に渡しました」

「だったらウォーターサイドを歩いていたのはどうしてでしょうね？　どうしてイヴシャムのホテルに車を停めなかったんでしょう？」

「推測ならつくわ」アガサは言った。「既婚者と一杯やりに行くっていう秘密をじっくり味わおうとしたんですよ。うちでもうれしそうにクスクス笑っていたし。たぶんウォーターサイドに車を停めたんでしょう。そこからならホテルに歩いていけるから」

沈黙が広がった。それからアガサが質問した。「どうしてひき逃げだとわかったんですか？　それにウォーターサイドで起きたなら、早朝までどうして遺体が発見されなかったの？」

「生け垣の向こうに撥ね飛ばされたんです。あなたなら想像がつくでしょう、ミセス・レーズン。暗闇でウィッグと眼鏡をかけていたから、何者かは彼女をあなたと見間違った。カイリー・ストークスの事件で知っていることはすべて話してくれましたか？」

「ええ」こうなっては自分の命が狙われたことはもう話せなかった。

「時間をかけて、あなたの知っていることをおさらいしてみる必要がありますね。洗いざらいね。何者かは自分が有罪になる証拠をあなたが握っていると考えたにちがいない」

そこで、アガサは話しはじめた。女性警官は速記でどんどんメモをとっていく。猫たちはアガサの不安を感じとり、足首に体をすりつけてきた。

そのとき、ジョン・アーミテージを連れて警官が現れた。ああ、大変。何か手を打たなくては。わたしがひき逃げされかけたと口を滑らせるかもしれない。

「すわってください、ミスター・アーミテージ」ブラッジ警部が言った。ジョンはアガサと並んでソファにすわった。

ブラッジ警部はミセス・アンストルザー＝ジョーンズに起きたことを簡単に説明した。ジョンは驚きの声をあげ、アガサの方を向いた。「じゃあ、あれは……」

アガサは彼の胸に身を投げかけ、口にキスした。「言わないで」唇を押しつけたままささやいた。それから体を離すと「ああ、ダーリン、怖くてたまらないの。ウィッグと眼鏡を彼女に貸したから、誰かがわたしだと思ったにちがいないわ」と言った。

ジョンは無表情にアガサを見やると、ブラッジ警部の方を向いた。「ゆうべわたしがどこにいたか、お知りになりたいんでしょうね」

「それだけではありません。あなたが調べたことをすべて知りたいんです。こちらのミセス・レーズンといっしょに殺人事件を調べていたんでしょう。何者かが彼女を脅威だと考えた。わかったことを話してください」

ジョンがしゃべっているあいだ、アガサはそわそわと唇をいじった。上唇のすぐ上に硬い毛が生えているのに気づき、恥ずかしさのあまり顔が真っ赤になった。彼はこの毛に気づいたかしら？　席を立って、バスルームに上がっていって抜いてきた方がいいかも。でも、自分が部屋を出て口止めする人がいなくなったら、ジョンはわたしがひき逃げされそうになったことをしゃべってしまうかもしれない。

その毛のことが心配で心配でたまらなかったので、自分の命が狙われたことで当然感じるはずの恐怖も、ほとんどわきあがらなかった。

ブラッジはアガサの方を向いた。「ミセス・アンストルザー＝ジョーンズは誰に会いに行くと言ってましたか？」

「トムなんとか。ええと——トム・クラレンスだわ」

ブラッジは刑事に命じた。「その男のところにただちに行け。まだホテルにいるかもしれない。さて、ミセス・レーズン、以前にも警告しましたが、改めて警告しておきます。素人探偵はこれでおしまいにしてください。あなたがいなければ、あの女性はまだ生きていたかもしれないんですよ。このあたりを離れるときは、警察に行き先を連絡してください。あなたもです、ミスター・アーミテージ。では、いっしょに署まで来てもらいましょうか。正式な供述をとりたいので」

「その前にちょっとトイレに行ってきます」アガサは階段を駆け上がっていきバスルームに入ると、毛抜きを見つけ、腹立たしい毛を引っこ抜いた。ああ、中年になるのって嫌。こういう屈辱を味わうのはごめんだわ。


ジョンとアガサは警察の車に先導されてウスターに向かった。供述をしてカースリーに戻る途中で、ジョンが堅苦しい口調で言った。

「家で降ろすよ。早く仕事にとりかからなくてはならないから」

「言い寄るつもりはないのよ」アガサは彼のこわばった横顔を見つめながら言った。

「命を狙われたことをしゃべらないように、口を封じたかっただけだから」

「だろうと思ったよ。どっちにしろ、わたしは仕事をしなくてはならないし、もう事件に介入するのは止めろと言われたからね。あの気の毒な女性。ひどい話だよ！」

ジョンと自分を結びつけているのはカイリーの殺人事件だけだということに、アガサははっと気づいた。ジョンは今後、アガサのために時間をとってくれなくなるだろう。

あの毛のせいにちがいない、とアガサは絶望した。キスしたときに硬い毛を唇に感じて、うんざりしたのだ。世間にはすべすべした肌の若くてきれいな女性がたくさんいる。彼がわたしに目もくれないのも当然だわ。

アガサは嗚咽をもらした。

「ねえ」ジョンが言った。「泣かないで。気の毒なミセス・アンストルザー＝ジョーンズが亡くなって大きな罪悪感に苛《さいな》まれているのはわかるよ。でも、あなたは善意から変装道具を貸したんだ」

とたんにアガサは本当に罪悪感を覚えた。彼女がすすり泣いたのはミセス・アンストルザー＝ジョーンズが死んだせいではなく、中年の虚栄心のせいだったのだ。

アガサは乱暴に洟をかむと言った。「警察はバーリントンについて何かつかんだのかしら」

「もう永遠にわからないだろうね」ジョンは自分に関する限りこの事件は終わったんだということを強調するかのように、投げやりに言った。


午後遅く、アガサはミセス・ブロクスビーに会いに行くことにした。牧師の妻はアガサを出迎えるなり叫んだ。

「ニュースで聞いたわ。かわいそうなミセス・アンストルザー＝ジョーンズ」

「もっと悪いことがあるの」アガサはミセス・ブロクスビーのあとから家に入ると、ウィッグと眼鏡のことを話した。

「彼女がそれほど愚かでなかったら、こういうことも起きなかったんでしょうね」ミセス・ブロクスビーは言った。「食事はすませたの？」

「いえ、まだ」

「気持ちのいい日だわ。お庭に行って煙草を吸っていらっしゃいよ。何か持っていくから」

アガサは庭のテーブルに行くと、パーゴラから垂れている見事な藤の日陰に置かれた錆びついた椅子に腰をおろした。ミセス・ブロクスビーは花を育てるのがとても上手で、庭では水仙、チューリップ、ホウセンカ、遅咲きの桜が妍《けん》を競っていた。桜の花びらがそよ風にひらひらと舞っている。

庭の隣は教会墓地で、草むらの中で古い墓石があっちに傾いたり、こっちに傾いたりしている。

ミセス・ブロクスビーは冷たいワインのグラスとハムサラダをのせたトレイを運んできた。「どうぞ。何か食べれば気分がよくなるわよ」

アガサが食べているあいだ、ミセス・ブロクスビーは言った。

「ねえ、彼女はウィッグと眼鏡をつける必要なんてなかったのよ。昔の知り合いに会いに行くって言ってたんでしょ？　だったらどうして秘密にする必要があるの？　彼女はあなたをうらやんでいたのよ、わかるでしょ。あなたみたいになりたかったんだと思うわ」

「だとすると、いっそう気分が滅入るわ」アガサはつらそうに言った。「警察に手を引くように強く言われたし、ジョンはもうわたしと関わりたくないみたいなの。わたしがキスしたせいだと思うわ」

「まあ、ミセス・レーズンったら！」

「いえ、あなたの考えるようなことじゃないの。あることを警察に言わせまいとして唇をふさいだだけ。だけど、実は唇の上に毛が一本生えていたのよ。それがチクッとして、ジョンは幻滅したんじゃないかしら」

牧師の妻は奇妙な声をもらした。アガサは彼女をにらみつけた。ミセス・ブロクスビーはこんな人だったかしら？　絶対に、今、ふきだしたわ。

「ミセス・レーズン、彼はしじゅう自分を訪ねてきた女性が無残に殺されたことを知ったばかりだったのよ。そこに、あなたがキスした。あなたが顎ひげをもじゃもじゃに生やしていても、気づかなかったんじゃないかと思うわ」

「もう少しここにいてもいい？」アガサはたずねた。「自分の家に帰りたくないの。猫たちはウスターに行く前に庭に出してやったし、餌もあげてきたわ」

「好きなだけいてちょうだい」ミセス・ブロクスビーは言ったが、夫が家に帰ってきた音にぎくっとする様子を見せた。

彼女は急いで立ち上がった。「すぐに戻るわ」

低い話し声が伝わってきた。それから牧師が叫ぶのが聞こえた。

「あの不快な女は厄介事しか起こさないな」

ミセス・ブロクスビーが庭に戻ってきたとき、牧師の書斎のドアがバタンと閉まるのが聞こえた。

「考えてみたけど、やっぱり帰ることにするわ」

「あら、どうぞいてちょうだい」

「ううん、ロイに電話して、フリーの仕事があるかどうか訊いてみるつもりだったのに、まだかけてなかったの。家に帰って、すぐに電話するわ。忙しくしていたいから」

悲しい気持ちでアガサはコテージまで歩いていった。わたしは誰にも好かれないし、誰にも求められないんだわ。

ライラック・レーンに曲がったとき、ジョアンナ・フィールドがジョンのコテージに入っていくのが見えた。

アガサは躊躇した。二人に加わるべきかしら？　ジョアンナは何を見つけたのだろう？

おそらく何も見つけてないんだろう、とアガサは苦々しく思った。ただ彼を訪ねる口実に使っただけだ。

顔に毛が生えていないかじっくり調べてから、パックをすることにした。緑色の泥が固まりはじめたとき、ドアベルが鳴った。

顔に水をかけて、きれいなタオルでごしごしふくと、階段を駆け下りていった。

ドアを開けると、ジョンとジョアンナが立っていた。「どうして仕事場にいないの?」アガサはジョアンナにたずねた。

「全員が早く帰されたんです」

「ジョアンナから興味深いニュースを聞いたんだ」ジョンがにっこりした。「緑のものが顔のところどころについてるよ」

「キッチンにどうぞ。すぐに戻るわ」

アガサはまた大急ぎで二階に行くと、今回は拡大鏡をのぞきこんだ。たしかに、緑の泥の小さな破片が顔のあちこちにこびりついている。

ジョアンナはビスケット色のぴったりしたパンツをはき、糊《のり》のきいた白いシャツを細いウエストで結んでいる。ジョンはブルーのシャツとやわらかい素材のブルーのコーデュロイのパンツ姿で、年齢は離れているが、アガサのひがんだ目にもお似合いのカップルに見えた。

「コーヒーは?」

「その前にまずジョアンナのニュースを聞いて」ジョンは言った。

アガサはキッチンのテーブルにつくと、ジョアンナににっこりして見せた。嫉妬なんてしないわ、とアガサは自分に厳しく言い聞かせた。

「実は、今朝バーリントンが警察に連れていかれました」

「どうして知ってるの？」

「きのうの夜まで知りませんでした。ミセス・バーリントンがオフィスに飛びこんでくるまでは。彼女は怒り狂って、『主人と関係を持っていて、主人を脅迫しようとしたあばずれは他にもいるの？』ってわめいたんです。それからわあわあ泣きだして、事情がわかったんですよ。警察が日曜の夜に尋問のためにバーリントンを連れていったんです。そのときはカイリーの友人たちについて警察がもっと知りたがっている、とバーリントンは妻に嘘の話を聞かせたようです。そこへ今朝、また警察がやって来て夫を連行したので、彼女はカイリーが夫を恐喝していたことを知ってしまった。あたしたちは奥さんにお茶を出して落ち着かせました。でもフィリスがはっきりわからないけど、どことなくおかしいと思っていた、と発言して、火に油を注ぎましたけど。最後にミセス・バーリントンはもう夫にはうんざりだから離婚するつもりだ、と言って帰っていきました」

「バーリントンがカイリーを殺したかもしれない、と奥さんは考えたの？」

「そうなんです」ジョアンナは目を輝かせていた。「夫はとても暴力的になることがあるから、彼がやったに決まっている、警察にそれを話すと言ってました」

「それだとひとつ問題があるわ」アガサは言った。「お金を支払ったあとで、どうしてそんな手の込んだ方法でカイリーを殺したのか、ということよ」

「たぶん、カイリーがさらにお金を要求したからじゃないかな」ジョンが意見を言った。

「じゃあ、ミセス・アンストルザー＝ジョーンズのことは？」

「殺人犯はたまたま車で走っていて、彼女を見かけたんじゃないかと思う。あなたを見かけたときのようにね。ブロンドと眼鏡を見て、アクセルを踏んだ」

「どういう意味ですか、あなたを見かけたときのようにって？」ジョアンナがたずねた。

アガサは制止するようにジョンをじろっと見ると、急いで言った。

「彼が言ったのはね、殺人者はミセス・アンストルザー＝ジョーンズをわたしだと考えたんじゃないか、っていう意味よ」

「なんてわくわくするの！」

若くて、誰かに殺されそうになる心配がなければ、そりゃ、わくわくもするでしょうよ、とアガサは思った。そのときぞっとすることを思いついた。「殺人犯が彼女をわたしだと思ったという事実を警察が公表したら？　わたしがテレビ局の人間のふりをしていたことを公表したら？　そうなったらわたしの正体が知られて、犯人が誰にしろ、わたしを探しに来るわ」

「警察は公表しないんじゃないかな」考え考え、ジョンが言った。「あなたに調査を中止するように強く命じなかったことをブラッジ警部は上司に知られたくないだろう。いや、警察がそのことを公表するとは思えないな」

三人は事件についてああでもない、こうでもない、と話し合ったが、とうとう行き詰まってしまった。するとジョアンナが言った。

「そろそろ家に帰った方がよさそうです。まだ夕食をとっていないので、ちょっとおなかがすいてきたわ」

「どこかに食事に連れていくよ」ジョンが言った。

「本当？」ジョアンナは笑顔になった。「ご親切にありがとう」

もちろん、わたしを仲間はずれにはしないわよね、とアガサは思った。わたしを誘わずに二人だけで行くなんて、ありえないわよね？

だがジョンはこう言った。「じゃ、また」二人は出ていった。それでおしまいだった。

アガサは猛烈に腹が立ってきた。アガサとまちがえられて女性が殺されたのを二人とも知っているのだ。それに、これはアガサの事件でもあるのだ。頭に来る。

ロイに電話して仕事があるかたずね、ロンドンに行こう。そのときキッチンの床で二匹の猫が彼女を見上げているのに気づいた。胸がズキンとした。ロンドンに行くと、二匹を置いていくことになる。彼女の唯一の友だちたちを。

ドアベルが鳴るのが聞こえた。あら、理性を取り戻したのかしら？

だが、玄関にいたのはビル・ウォンだった。

「ねえ、とんでもないことを耳にしたんですが、どうなっているんですか？」ビルはアガサを問いつめた。「ウスター警察の友人から、ゆうべ殺された女性はあなたのウイッグと眼鏡をつけていた、と聞いたんですよ」

「ディナーに行って、それについて説明するっていうのはどう？」

「いいですよ。今夜は暇ですから」

「〈マーシュ・グース〉に行きましょう。食事をしながら何もかも話すわ」

アガサとビルがモートン・イン・マーシュにある〈マーシュ・グース〉の窓際のテーブルにすわると、部屋の向こうのテーブルにジョンとジョアンナがいるのが見えた。二人は彼女に手を振った。アガサは無視した。

「まず注文しましょう」アガサは言った。「それから最初から最後まですべて話すわ。もう、今夜は酔っ払いたい気分なのに、食事のあとであなたを家に連れて帰らなくちゃならないのよね。それに、あなたもうちに停めてある車を運転してサイレンセスターまで帰らなくてはならないし」

「酔っ払い運転はだめですよ」ビルの若々しい顔で、アーモンド形の目元に楽しげな皺が寄った。今度男性に興味を持つときは、自分よりも皺がたくさんある人にするわ、とアガサは誓った。

料理を注文し、アガサは知っていることと起きたことを洗いざらいビルに話した。ひとつだけ省略した。車に撥ねられそうになったことは黙っていた。ビルは熱心に耳を傾けてから、口を開いた。「バーリントンには鉄壁のアリバイがあるんです。最初に警察に連れていかれて釈放されたあと、妻に電話して、クライアントに会いに急いでバーミンガムに行ってくると伝えた。たしかに彼はバーミンガムには行ったが、ホテルに行き、ミス・ベティ・ディックスと一晩いっしょに過ごした」

「それ、誰なの？」

「すぐにでも妻のもとを去ると約束して誘惑した、バーミンガムで秘書をしている女性です。彼はバーミンガムを早朝に出発して、イヴシャムの職場に行く前に、まず家に帰った。すると、警察が待ちかまえていた。だから、ミセス・アンストルザー＝ジョーンズを殺せたはずがないんですよ」

「だけど、カイリーなら殺せたわ」

「それも怪しいな。カイリーを殺した人間は、今、あなたを排除しようとするほど怯えているんですよ。警察は保護を申し出てくれましたか？」

アガサは首を振った。「警察の仕事に首を突っ込んだのですごく腹を立てているみたいで、わたしが誰かに殺されても気にしないんでしょ」

「あるいは、ミセス・アンストルザー＝ジョーンズを殺した人間は、あなたがテレビ局のリサーチャーをしていると信じているかですね。その犯人が誰にしろ、あなたの本当の正体を知っていれば、カースリーで命を狙ったはずだ。いや、殺人者はウォーターサイドを歩いているのがあなただと思ったんですよ」

「そうだ、車よ！」アガサは言った。「同僚の女の子たちのなかで車を持っている人は？」

「フィリスは古いフォルクスワーゲンを持っている。アン・トランプはフォード・メトロ。マリリン・ジョッシュはハリー・マッコイの古いローヴァーを使っている。ザックと父親も、どちらも車を持っている。ミセス・ストークスを怒らせたと言ってましたね。彼女はステーションワゴンを運転しています。全部、照合中です。警察は今夜テレビで目撃者に名乗り出るように呼びかける予定です。カイリーの死とミセス・アンストルザー＝ジョーンズの死に共通するものは何なのか、わかりますか？」

「いいえ、何なの？」

「パニックです。どちらの事件もパニックから生じた。カイリーの事件を考えてみましょう。彼女は大量のヘロインを注射され、遺体は冷凍庫のようなものの中に遺棄された。何週間も何カ月もそのままだったかもしれない――もしかしたら何年も。でもちがった。犯人はパニックになり、遺体をそこから取りだし、川に捨てた。それから、あなただと思った人影を見かけた何者かは、目撃される可能性を考えずにアクセルを踏みつけた」

アガサはビルをじっくり見つめた。自分も命を狙われたことを話したくてうずうずしていた。

「どうしたんです？」ビルがいぶかしげにアガサを見た。「まだすべて話してないでしょう。何か隠してますね」

「あなたに話したら、警察に言うでしょ」

「そんなに悪いことなんですか？」

「ええ、とっても」

彼はレストランを見回した。テーブルとテーブルの間隔は充分に広かった。

「ぼくに話した方がいいと思いますよ。わかりました、警察には言いません。何かが起きたんですね。あなたの性格からして、危険なことなんだ」

「実はね、ハリー・マッコイに会おうとしたら家にいなかったの。それでマーストウ・グリーンの駐車場に徒歩で戻ろうとしてホレス・ストリートを歩いていた。通りは人気がなかった。そのとき車の音が聞こえ、なぜかわからないけど自分にまっすぐ向かってくる気がして生け垣に身を投げたら、さっきまでわたしが立っていた場所を猛スピードで走り過ぎていったの」

「アガサ、どうして警察に言わなかったんですか？」

「テレビ局のリサーチャーの変装をしていたし、警察が大騒ぎしてリサーチを禁止されると思ったからよ。今となっては馬鹿だったと思うけど、もう今さら話せないわ」

いらだたしげに顔を上げた。ジョンとジョアンナがテーブルの横に立ち、アガサに笑いかけている。

「ラウンジでいっしょにコーヒーでもどうかなと思って」ジョンが言った。

アガサはにらんだだけで人を殺せるというバシリスクのような視線を返した。「いえ、けっこうよ、向こうに行って」

「ずいぶん失礼だなあ、アガサ」二人がいなくなるとビルがたしなめた。

「あれは隣人のジョン・アーミテージと〈バーリントン〉の女の子の一人、ジョアンナ・フィールドよ」

「で、何があったんですか？　あなたとジョンはいっしょに調べているのかと思った」

「ジョアンナがジョンを訪ねてきたの。ミセス・バーリントンがオフィスに現れてひと騒動起こしたことを知らせにきたのよ。それは話したでしょ。ところが、ジョアンナがおなかがすいたと言ったら、ジョンは彼女をディナーに招待して、わたしを誘いもせずに二人でさっさと出かけてしまったのよ」

「たぶん、あなたがいない方がジョアンナはしゃべりやすいと、ジョンは踏んだんですよ。ともあれ、あなたが命を狙われた件ですが、ミセス・アンストルザー＝ジョーンズの殺害は偶然だったと思うんです。たまたま姿を見られたんですよ。しかし、ホレス・ストリートの件は偶然ではないと思うな。どこに行くにしろ、車は夜間にあそこを通らず、ウォーターサイドを通る。本当に誰も家にいなかったんですか？　マリリン・ジョッシュは二階に住んでいて、フィリスはハリー・マッコイと関係を持っている、って言ってましたよね。そのうちの誰かが家にいて、窓からあなたを見かけ、何者かに電話した。あるいはホレス・ストリートの裏には小道がある。三人のうち一人が裏口からこっそり出て、ぐるっと回って車に乗りこみ、あなたを撥ねようとした。それにしても不可解だなあ。パニックと素人くささが混在している気がしてきました。この事件の犯人には絶対に前科がなく、殺人なんてこれまでしたことがないと思いますよ」

二人は何度も話し合ったが、誰が犯人かについて明確な考えは浮かばなかった。食事を終えて車で戻るとき、ビルは言った。

「ジョン・アーミテージには恋をしていないんでしょう。わかりますよ」

「ええ、そのとおりよ」

「じゃあ、ボーイフレンドでもない相手にカッカする必要はないでしょう？　礼儀として、あなたも誘うべきだったが、ジョンはあなた抜きの方がいろいろ聞きだせると思ったにちがいありませんよ。さっきもそう言ったでしょう。ぼくと知り合ってから、あなたはひどい扱いをする男性とばかり関わってきた。だから、どの男も自分を拒絶していると反射的に考えてしまうんです。忘れた方がいい、アガサ。ともあれ隣人と不和になるのはいいことじゃありませんよ」

「考えてみるわ」アガサはむすっとして言った。「コーヒーを飲んでいく?」

「いいえ、そろそろ帰った方がよさそうだ。ぼくが家に帰るまで、母が起きて待っているんです」

あなたの母親は所有欲が強く、若いガールフレンドを片っ端から追い払っている、と指摘してやりたいとまたもや思ったが、ビルが深く傷つくのは目に見えていた。彼は両親を心から敬愛しているのだ。

アガサはおやすみなさい、と言うと、彼に手を振って家に入った。数分後、ドアベルが鳴った。のぞき穴から窺うと、ジョン・アーミテージだった。

あんな人、知るもんですか。アガサは譲歩するつもりはなかった。

7

翌朝目覚めると、ドアの下から手紙が差しこまれていた。封を開けようとすると、ボズウェルがかぎ爪を部屋着の裾に食いこませ、ぐいっと引っ張った。アガサは猫をひきずりながら、手紙を持ってキッチンに入っていった。

部屋着からボズウェルの爪をはずすと、椅子にすわって封を開けながら切手が貼っていないことに気づいた。

「アガサへ」彼女は読みはじめた。「ゆうべは本当にすまなかった。ディナーに誘わなかったので、あなたが腹を立てていたのはわかっていたが、二人だけの方がジョアンナはいろいろしゃべるだろうと思ったんだ。結果として、あれ以上の話は聞けなかった。ジョンより」

自分がひどく不作法な真似をした気がしてきた。でも、まずロイに電話して、仕事についてたずねる方がいいかもしれない。すぐに隣に飛んで行くつもりはなかった。

ゆっくりと時間をかけて朝刊を読んだ。〈ビューグル〉の朝刊に、催眠術で禁煙したという有名人の記事が載っていた。「成功でした。まず気づいたのは、以前よりエネルギーが出るようになったことです。友人たちには肌に透明感が出たと言われました。禁煙して本当によかったです。外見はわたしにとって重要です。喫煙者の中年女性はひと目でわかります。上唇の周囲にみっともない皺ができているからです。わたしはあんなふうにはなりたくなかったんです」

アガサは不安になって思わず上唇に触れた。グロスターシャーの催眠術師の電話番号を教えてもらったのを思い出した。ずっと行こう行こうと思っていたが、先延ばしにしてきたのだ。催眠術師に電話すると、ちょうどキャンセルが入ったので、一時間半後に施術室に来られるならみてあげよう、と言ってくれた。アガサは行くと答えるや、大急ぎで支度をした。雨は降っていなかったが、靄《もや》がかかっていたので、灰色の世界を安全運転で車を走らせた。路肩の木々から水滴がボタボタ滴り落ちている。

催眠術師の施術室の近くにどうにか駐車場所を見つけることができた。まだ五分あったので、これを最後にしようと誓った煙草を楽しむことにした。

三十分後、施術は終わった。これからは口にするすべての煙草が焦げたゴムのようなひどい味がするだろう、と催眠術師は言った。

健康と幸せのために何かを成し遂げた気分で、アガサは家に戻った。

コテージの外に車を停めたとき、戸口に見覚えのある人が立っているのを見つけた。フリーダ・ストークスだ。今度は何だろう？　車から降りながら首をかしげた。また文句でも？　無理やり歓迎の笑みを顔を貼りつけた。

フリーダはアガサを見るなり、「ああ、アガサ。本当にごめんなさい」と声をあげた。

「どうぞ中に」アガサはドアを開けた。「キッチンに進んでいって、すわってください。コーヒーを淹れるわ」

アガサはパーコレーターの電源を入れると、キッチンのテーブルでフリーダと向かいあった。

「あなたの言ったことを信じたくなかったんです。ええ、どうしても信じられませんでした」フリーダは言った。「警察が訪ねてきました。ミスター・バーリントンがカイリーに口止め料として支払いをしたことを認めたんです――わたしのカイリーが！　そもそも娘のことを知っていたのかしらと不安になりました。ずっとわたしにとっては子どもだったんです。無垢な存在でした。『他の女の子とはちがうのよ、ママ。あたしはやたらに男の人とつきあうつもりはないわ。結婚式の日までバージンはとっておきたいの』そう言ってたんです」

「彼女には多額のお金が必要だったんですか？」カイリーは本当に薬物依存症だったのだろうか、とアガサは思った。

「いつもわたしにお金をせがんでいました。わたしはそんなに収入が多くないので、少し負担でした。でも、あの子は一人きりの娘です。断れませんでした。今、思い返してみると、数カ月服を着てからお店に返品して、お金を返してもらおうとしていました。レインコートを買ったときはすでに八カ月も着ていたにもかかわらず、お店に持っていって、買ったばかりだと言い張りました。お店は返品に応じませんでしたけど、そうしたら今度はわたしにクリーニングに持っていってくれ、と言うんです。クリーニングができたのでわたしがとってきて渡すと、自分の部屋に持っていき、しばらくして出てきたときにはコートは脂のシミだらけになっていました。クリーニングでだいなしにされたんだから、店に持っていってコートの代金を請求してほしいと言われました。クリーニング店は最終的に代金を払ってくれましたけど、自分でシミをつけたんだろう、ってなじられました。さもなければ、こんなふうになるわけがない、って言うんです」フリーダは涙のにじむ目でアガサを見た。「カイリーは欲張りだと思いますか？」

「かもしれませんね」アガサは控えめに答えた。

「それから、わたしの財布からお金がなくなっていることがときどきありました。学校が休みのときは屋台で若い女の子に手伝ってもらっているんですけど、てっきり彼女だと思ってクビにしました。今はカイリーだったのかもしれないと思っています。わたし、どこでまちがってしまったんでしょう？」

何も起きていないというふりをしたことよ、とアガサは思った。

だが、口ではこう言った。「ひとつおたずねしたいんですけど、彼女はドラッグをやっていたと思いますか？」

「まさか！　でも、わたしは恐喝のことも何も知らなかったんです」フリーダはすすり泣いた。「あの子はドラッグを過剰摂取してしまい、ドラッグを渡した人間がパニックになったのかもしれないわ」

「その可能性はありますが、ウェディングドレスを着ていて、夜遅くに家を抜けだしたという事実があるんです。誰かがドレスを見せるように頼んだんですよ」

アガサは立ち上がって、ふたつのマグカップにコーヒーを注ぐと、片方のマグカップにミルクと砂糖を添えてフリーダの前に置いた。

「カイリーはウェディングドレスをとても自慢に思っていたんですよね？」

「いいえ、本当のことを言うと、それが問題だったんです。あれはわたしの妹のジョシーの娘が着たドレスだったんです。ジョシーの娘のアイリスが一度だけ着て、ジョシーはそのために大金を払った。とてもすてきなドレスなんですよ。カイリーは新しいドレスがほしいとせがみましたけど、わたしはその望みを断固撥ねつけました。一度しか着ないドレスのために大金を支払うなんてもったいないでしょ、って言い聞かせたんです。それにアイリスとカイリーはサイズも同じでした」

アガサはがぜん好奇心がわいてきた。「カイリーがドレスを気に入らなかったなら、誰かにドレスを着たくないと愚痴ったのかもしれない。そうしたら、相手が『じゃあ、持ってきて見せてみて』と言った。となると、別の女性の存在が考えられますね。カイリーが家に帰ってきたとき、電話をかけるか、誰かから電話がかかってきたりしませんでしたか？」

「まっすぐ自分の部屋に行って、ＣＤをかけているのが聞こえてきました。あの子は携帯電話を持っているんです。でも、警察は携帯を持っていったし、家にかかってきたり、かけたりしたすべての通話も調べましたよ。あの晩、電話はかけていませんでした」

「今回いらしたのは、わたしに調査を続けてほしいからですか？」アガサはたずねた。

「ええ、お願いします。すでに娘の最悪の部分を知ったので、今後、何があっても、もうショックは受けない気がします」

「お嬢さんは日記をつけていましたか？」

「いいえ。以前日記帳を買ってあげましたけど、何も書こうとしませんでした」

「手紙をもらうことは？」

「全然。若い人たちは最近は電話を使うみたいですよ」

「またご連絡します」アガサは言った。「警察に手を引けと警告されているんですけど、できるだけのことはしますね」

フリーダが帰ってしまうと、アガサはジョン・アーミテージに電話した。

「ちょっと来ていただけないかしら。新しい展開があったの」

ジョンがやって来ると、アガサはフリーダの話を聞かせた。

「ヘン・パーティーについてもっと詳しく知る必要があるな」ジョンは意見を言った。

「誰かがウェディングドレスを見てあげると言ったかどうかを探る必要がある。それと、他にも問題があるよ」

「何なの？」

「電話をかけていないことだ。だが、メールはどうだろう？　何者かが会社のアドレスにメールを送っているかもしれない。ジョアンナに調べてもらえるかもしれない」

「へえ、あの子にね」

「そうだ。あの子は頭が切れるし、しっかりしているし、他の女の子たちとはちがって、あなたの正体も知っている。言っておくが、わたしは若い女の子の尻を追いかけているわけじゃないよ、アガサ」

「だとしても、わたしには関係ないわよ」アガサはむっとして言い返した。無意識に煙草に火をつけ、そのまずさに眉をひそめるともみ消した。

「どうしたんだ？」

「催眠術師のところに行ったら、これから吸う煙草はすべて焦げたゴムの味がするって言われたの。そのとおりだったわ」

ジョンはゲラゲラ笑いはじめた。「あなたはすごいよ、アガサ。いっしょにいると絶対に退屈しないな」

「でしょうね。しじゅう笑い物になってるのよ」アガサは憂鬱そうに言った。

「そうだ、ゆうべの埋め合わせにランチに招待するよ」

アガサの顔が明るくなった。「あなたがジョアンナに電話しているあいだに着替えてくるわ」

彼女は二階に行き、パンツスーツとかっちりしたブラウスに着替え、ウエストがすっかりゆるくなっていることに気づいておおいに満足した。ていねいにメイクして、イヴ・サンローランの香水シャンパーニュをたっぷり噴きつけてから、一階のジョンのところに下りていった。

「夜、みんなが帰ってからカイリーのコンピュータを調べてみるって、ジョアンナが言ってくれた。角を曲がったところにある〈リトル・シェフ〉で待っていれば、今夜七時頃に合流できるそうだ」

「あなた、帰らないの、ジョアンナ?」他の女の子たちがコートを着ると、マリリン・ジョッシュがたずねた。

「請求書を二通送らなくてはならないのよ」ジョアンナは言った。「今すぐ処理しておいた方がよさそうだわ」

「お好きにどうぞ」フィリスが意地の悪い口調で言った。「だけど、ボスに取り入ろうたってむだよ。今日はいないから」

ジョアンナは肩をすくめ、コンピュータに集中しているふりをした。わたしが何か企んでいると、みんなして疑っているみたいだわ、と落ち着かない気持ちで考えた。みんなはぐずぐずしていてなかなか帰らなかった。全員が夜の闇に消えるまで、ジョアンナは自分のデスクにすわっていた。ようやく席から立とうとしかけたとき、シャロン・ヒースが戻ってきた。「まだいたの？ すぐすむわ。デスクに忘れ物しちゃったの」

ジョアンナはコンピュータの電源を入れたままにしておいてよかった、と思いながら、キーをたたき続けていた。背後でシャロンが引き出しを開けたり閉めたりしながら、ぶつぶつ言っているのが聞こえた。「あのいまいましいやつ、どこに置いたんだっけ？」それから満足そうなため息。「じゃね」シャロンは言った。オフィスのドアがバタンと閉まり、シャロンのハイヒールが廊下を遠ざかっていく音が聞こえた。

ふいにコンピュータの電源を落として帰りたくなった。静まり返ったオフィスは不気味だ。しかし、何か発見したら、ジョンは喜んでくれるだろう。彼はとても魅力的だった。彼とあのレーズンとかいう女のあいだには何かあるのだろうか。まさかね。絶対にないわ。それらしき気配はまったく感じられない。彼とのディナーは楽しかった。年上の男性の方がずっと魅力的だ。ジョアンナは小首をかしげて、耳をそばだてた。また立ち上がった。そのとたん足音が聞こえたので、あわててすわった。ドアが開き、受付にいるジョージがドアからのぞきこんだ。「戸締まりをしたいんだ。あとどのぐらいかかる？」

「五分ちょうだい」ジョアンナは言った。

「いいよ。出るときに声をかけてくれ」

ジョアンナは再び静かになるのを待った。さあ、始めなくちゃ、と心の中で言った。深呼吸すると、カイリーのデスクまで歩いていった。コンピュータの電源を入れる。画面が明るい青色になった。「早く、早く」ジョアンナは機械をせかした。メールの受信箱を見つけ、読みはじめた。「ああ、これでわかったわ」彼女はつぶやいた。いきなり後頭部を激しく殴打され、ジョアンナはキーボードに突っ伏した。

アガサとジョンは〈リトル・シェフ〉でそわそわしていた。「そろそろ七時半だ」ジョンが言った。「ずいぶん時間がかかるな。何かまずいことが起きていなければいいんだが」

「わたしはここで待っているから、あなた、〈バーリントン〉の前を車で通過して、オフィスに明かりがついているかどうか見てきたら」

ジョンは出ていき、アガサは心配しながら待っていた。ジョアンナからもっと話を聞きだすから、という口実で、またジョンが彼女とどこかに行ってしまったらどうしよう？　携帯電話の番号を教えておけばよかった。

十分ほど待ったときに、ジョンの車が駐車場に滑りこんできたのでほっと胸をなでおろした。

ジョンはすわると体をのりだして、せっぱつまった声で言った。

「救急車が来ている。彼女は運ばれていった」

「なんですって？　ああ、大変、まさか死んでないわよね」

「ああ、顔に人工呼吸器がつけられていた。警察が来ていて、例のジョージが話を聞かれていたよ。わたしは姿を見られずにすんだ。救急車やパトカーが来たせいで、すでに野次馬が集まっていたから、後ろの方に立っていたんだ」

「どの病院に運ばれたのか調べなくちゃ」

「どこになるのかな？　イヴシャムかな？　それともウスター？　レディッチ？　携帯は持ってる？」

「バッグの中よ」アガサはバッグを開け、携帯電話をとりだすと彼に渡した。

ジョンが何本か電話をするあいだ、じりじりしながら待っていた。

「まだ早いわよ」とうとうジョンを止めた。「どこの病院にしろ、まだ着いていないかもしれない。家に帰って、改めて試しましょう」

ジョンはアガサのコテージからまた電話をかけた。ジョアンナはレディッチのアレクサンドラ病院に運ばれたことをとうとう突き止めた。アガサはすぐに飛んでいきたかったが、ジョンは言った。「朝まで待つべきだよ」

「彼女の容態について何か言ってた?」

「いや、ただ運ばれてきたっていうだけ」

アガサはいらだたしげに舌打ちすると、彼から電話をとった。アレクサンドラ病院に電話すると、ジョアンナの伯母だと名乗り、ジョアンナが入院している病棟の看護師につないでくれ、と言った。アガサはいくつか鋭い質問をすると、電話を切った。

「ひどい脳震盪《のうしんとう》を起こしていて、しばらくのあいだ面会謝絶になってるわ。さて、これからどうする?」

「もうできることはないな。実を言うと、もう充分なんじゃないかって気がしてきた。あの気の毒な女の子を巻きこむべきじゃなかったよ。一人の女性が亡くなり、もう一人は脳震盪を起こした。わたしたちは罪のない人々を危険に陥れてばかりのような気がしてきた」

「だけど、警察はカイリーのメールをチェックすることを思いつくかしら?」

「今となっては電話をかけるわけにもいかない。首を突っ込むな、と言われているからね」

「しかも、ビル・ウォンにも電話できないわ。ほら、わたしの友人の刑事よ。きっととても腹を立ててるわ。そうだ、フリーダ・ストークスよ。わたしたちのことを許してくれたって話したわよね。彼女から警察に提案してもらえるわ」

アガサはリビングに電話をかけに行った。ジョンはキッチンで待ちながら思った。本を書く方が気楽だ。本の中だと怪我をしたり殺されたりする人に対しては良心が痛まない。

ジョンがそわそわと待っていると、アガサが戻ってきた。

「大丈夫、彼女に伝えたわ。ニュースに出るまで待って、警察に電話するって言ってた。バーリントンにとっては不利な状況ね。彼のアリバイは確実なのかしら」

「たしかに彼はカイリーを殺したかもしれないが、バーミンガムのホテルを抜けだしてイヴシャムの通りを流しながら、あなたを撥ねるチャンスを窺っていた、というのは辻褄《つじつま》があわないよ」

「たしかに」アガサはむっつりと言った。「結局、あの女の子たちに戻ってくるわね。一人が彼女たちはジョアンナがオフィスに残っているのを知っていたにちがいない。不審に思って、そっと戻っていって殴りつけたのよ」

「ああ、大変だ。今思い出したよ、アガサ。〈バーリントン〉の入り口には防犯カメラがついているんだ。警察は出入りした人をチェックできるだけじゃなくて、救急車を眺めている野次馬の姿もはっきり確認できるだろう。わたしの顔がはっきり映っていて、どうしてあの場にいたのか質問に来るかもしれない」

「わたしと〈リトル・シェフ〉で待ち合わせしていたので現場を通りかかったら野次馬や救急車やパトカーが見えて、車を停めて見に行ったって、覚悟を決めて言い張るしかないわ」

「こういう嘘は苦手なんだ。警察に入って合法的に捜査することは考えたことがないのかい？」

「それには年をとりすぎているわよ」

「さて、これからどうしよう？　これまでどおりの生活を続け、事件は警察に任せるべきかもしれないな」

「わたしもそう思うわ。友人のロイに電話して、仕事がないか訊いてみようかと思っているの」

「どういう仕事？」

「PRよ。ロンドンに行けば、ここをしばらく離れられるし。そうしたら、お節介をしたいという誘惑もなくなるでしょ。フリーダをがっかりさせてしまうかもしれないけど。フリーダが警察の捜査状況を知らせてくれることになっているの。連絡があるまでは動かないでいるわ」

「じゃあ、わたしは執筆を進めるよ。小説の中で殺人事件を扱う方がよほど楽だ。わたしが主導権を握っているからね。しかし、この現実の事件で主導権を握れるのは、殺人犯だけだからな」

自分で言ったその事実に憂鬱になりながら、ジョンは帰っていった。

翌日フリーダがアガサに電話してきて、警察に話したので返事を待っているところだ、と知らせてくれた。

そこでアガサはロイに電話した。

「そっちの事件のことを聞いたので、電話しようと思っていたところなんです」

アガサは詳細をすべて話し、「というわけでね、ロイ、これ以上は進展がなさそうなの。だから何か仕事をしようかなって考えているんだけど」としめくくった。

「ボスに相談してみますよ。だけど、アガサ、あきらめるなんてあなたらしくないですね」

「あら、そう？　ワトスン。じゃあ、どうしたらいいと思うの？」

「過去にも警察は口を出すな、と何度も言いましたよ。あなたはそのとおりにしましたか？　ノーです。こうしましょう。週末にぼくが別のウィッグと眼鏡を持って、そっちに行きます。で、そのオフィスの女の子たちのところに順番に行って探りを入れるんですよ」

「つかまったら厄介なことになるわ」

「週末までに警察は女の子たちの取り調べを終えてますよ。それにバーリントンに対しても。ぼくたちはザックに会いに行く必要がありますね。あなたの報告では、彼のことだけが欠けている」

「ジョンには言わない方がいいわね」

「例の作家のことですか？　ちょっと堅物みたいですね」

「というわけでもないの。ただ、わたしよりも法を遵守したがるし、繊細なのよ」そいたのだ。

う口にしたとたん、後悔した。アガサは自分のことをきわめて繊細な人間だと考えて

「つまり、退屈なやつってことですか？」

「でも、とてもハンサムよ。わたしが考えていたような人じゃなかったけど。ただ、事件のことをしゃべっていないときは、なんだかロボットみたいなの。無駄話って一切しないのよ、わかるでしょ。じゃ、金曜の夜にね」

アガサはぐっと気分がよくなって受話器を置いた。ジョン・アーミテージの前に出ると、なぜか自分がくだらない人間のように感じられるのだ。昔の反抗的な自分が戻ってきたのでうれしかった。今後はもうジョンとはあまり会わずにすむだろう。彼女も殺人も、彼にとってはつかのまの気晴らしだったのだ。

金曜の夜、ロンドンからの列車を降りてきたロイは羽をむしられた鶏のように見え、アガサは怖気をふるった。ロイは丸刈りにしていて、そのヘアスタイルは小さな頭や弱々しい顔立ちを少しもひきたてていなかった。緋色のシャツに極彩色のネクタイ、スエードのジャケットというでたちだ。細い脚はぴっちりしたブルージーンズに包まれ、ハイヒールブーツをはいている。

「気に入りましたか？」アガサの前でくるっと回るとたずねた。「最新流行のマスコミ業界っぽい格好にしたんです」

「悪ガキみたいに見えるわ」

彼はアガサの肩を抱いた。「あなたは時代に取り残されてますよ」さらにラップアラウンドサングラスをかけた。「どうです！」

「あら、まあ。わたしのことはご心配なく」


ジョン・アーミテージは新しい本の最初の一章を書き終えたところだったが、できばえに満足できなかった。アガサに指摘されたせいで、自分の本に現実味がないような気がしていた。彼女のコテージに行って、それについて話し合ってみた方がいいかもしれない。

しかし、コテージのドアを開けたとき、助手席に若い男を乗せたアガサの車が通り過ぎた。ジョンは室内に戻った。あれは以前アガサのところに滞在していた男だろうか？　ミセス・アンストルザー＝ジョーンズがアガサのツバメと呼んでいた男？　もちろんちがうだろう。しかし、ジョンはアガサを性的対象として考えたことがなかった。デスクに戻ると、コンピュータの電源を入れた。「二章」と打って、じっと画面を見つめる。それから仕事のことで誰かに問い合わせてみる、とアガサが言っていたことを思い出した。たしか、ロイ・シルバーだった。そうか、じゃあ、彼女を訪ねてもかまわないだろう。

彼はコンピュータを切ってアガサのコテージに行くと、ロイが玄関に出てきた。

「ジョン・アーミテージです」彼は名乗った。

「ぼくはロイ・シルバーです。アガサは着替えてます。これからディナーに行くところなので。どうぞ」

ジョンはロイのあとからリビングに入っていった。「飲み物は?」ロイがたずねた。勝手知ったる家という感じで、とてもくつろいでいた。

「ありがとう、ウィスキーを。仕事のことできみに電話すると、アガサから聞いてたよ」

「へえ、彼女はそう言ってたんですか?」

「まあ、そうだけど。他に何か理由があるのかい?」

ロイは思わせぶりにウィンクした。

「ほう」ジョンは困惑していた。アガサはこの風変わりな若者のどこがいいのだろう?

彼はロイが差しだしたウィスキーのグラスを受けとった。「ありがとう。アガサと知り合ってから長いのかい？」

「ぼくが十六のときからです。アガサの会社で雑用係から仕事を始めたんです。彼女に鍛えられてPRマンになれました。彼女には大きな恩があるんです」

「わたしたちが調べていた殺人事件のことは聞いてるかな？」

「ああ、そのことね。あなたはすべてを放りだしたがっているって聞きましたけど」

「というわけでもないんだ。まだ彼女と話し合うことがあるんだよ」

「また別の機会に」

アガサが部屋に入ってきた。渦巻き模様のやわらかい生地のブラウスにサイドにスリットが入った黒のロングスカートをあわせている。ジョンはアガサの見事な脚に目を留めた。

ジョンはグラスを干した。「ちょっと挨拶に寄っただけなんだ。じゃ、また、アガサ」

彼はかがんでアガサの頬にキスした。アガサは驚いて彼を見上げた。

ジョンが帰ってしまうと、彼女はロイにたずねた。「どうして来たの？」

「ご機嫌うかがいでしょう。ぼくたちは深い関係だって匂わせておきましたよ」

「いったい何のためにそんなことをしたの？」

「わかりません。たぶんいきなり悪意を覚えたのかな。彼はとてもハンサムだけど、どこか独りよがりなところがあるから」

「独りよがりとは言えないわよ」

「ともあれ、今後はあなたを新しい視点で見ますよ、絶対に」

「いまやわたしを哀れな女だと思ってるわよ、ロイ」

ロイはアガサに新しいウィッグを持ってきてくれた。顔の両側に大きな巻き毛を垂らすと、顔がほっそりして見える。眼鏡はべっこう縁の大きなものだった。翌朝コテージを出発する前に、アガサは両方をつけてみた。「すごい」ロイは変装ぶりを眺めて感心した。「あなただってことが全然わかりませんよ」

「今ははずしておくから、イヴシャムの途中で車を停めて。そこで、またつけるわ。ジョンがウィッグを見たら、また調査を始めたと思うでしょ。そうしたら道徳をふりかざして警察に電話するかもしれない」

ロイはショックを受けたようだった。「まさかそんな真似しないでしょう？」

「しないかもしれないけど、危険は冒せないわ」

アガサの指示で、ロイはバイパスではなくブロードウェイに乗り入れた。

駐車場所に滑りこむと、アガサがウィッグと眼鏡をつけるのを待った。

「ここの地価はバイパスが通ってから急騰してますよ」ロイは周囲を見ながら言った。「最初にあなたに会いに来たときにここを通ったら、通りが車とトラックで渋滞してましたよね。準備はいいですか？　誰のところに最初に行きますか？　ザックにも会わなくてはなりませんよ」

「まずシャロン・ヒースにしましょう。ジョアンナが襲われてどう感じているかを知りたいわ」

「ジョアンナと言えば、意識を取り戻しているなら、あとで病院を訪ねてみるべきじゃないかな」

「まず電話してみるわ」アガサは言った。「はるばるレディッチまで行って、まだ面会が許されなかったら、とんだ無駄足だから」

シャロンは家にいて、二人を喜んで招じ入れた。ジョアンナの話題を持ちだすまでもなかった。シャロンがまず話したがったのはそのことだったのだ。

「すごく奇妙だったんです」二人がヒース家の散らかったリビングにすわると、さっそく彼女は話しだした。ミセス・ヒースは家にいなかったので、急いで掃除された様子もなかった。ピザの残骸がコーヒーテーブルの上に置かれ、周囲には空のコークや酒のボトルがちらばっている。「だってね、ジョアンナは遅くまで仕事したことなんてなかったから。請求書を二通送るためだって言ってたわ。他のみんなは帰ったんだけど、わたしはデスクに忘れ物をしたことに気づいて戻ったんです」

「何だったの？」アガサはすばやくたずねた。

「え？」

「ほら、あなたが忘れたものよ」

「ああ、えっとスカーフです。それを取りに行くと、彼女が自分のコンピュータの前にいた。でも、殴られて発見されたのはカイリーのコンピュータの前だったんですよ。警察はメールで何か探していたと考えて、カイリーのコンピュータを調べたんだけど、メールはまったく残っていなかったの。きれいにデータが消去されていたって、警官が言ってました。最近のミスター・バーリントンの様子を見せたいぐらい。ひどいありさまですよ。だけど、ジョアンナが襲撃されたとき、彼と奥さんは弁護士のところにいたの。奥さんが離婚を申し立てたんです」

シャロンはこのおいしいゴシップを報告することがうれしくて、目を輝かせていた。

「正面ドア以外から〈バーリントン〉に入れる方法はあるんですか？」ロイがたずね

た。

「ええ、それであのろくでなしのジョージが困ったことになったのよ。作業場に通じる裏口ドアがあってね、そこからオフィスにも入れるんです。そのドアには鍵がかかっていなかった。今朝、ミスター・バーリントンはぞっとするようなことをジョージにわめいていたわ。ジョージはみんなが帰ったあとですべて戸締まりしているから、自分のせいじゃない。それに何者かがこっそり忍びこんで、ジョアンナの頭を殴りつけるなんて知るはずもなかった、って弁解してました。ジョアンナが何をしていたのかは、永遠にわからないでしょうね。はっきり言わせてもらうと、あの子はあたしたちよりも一段上だと思ってすましてたのよ。あたしたちに何をするつもりか打ち明けていれば、いっしょに残ってあげたのに。それで、テレビ番組はまだ制作する予定なんですか？」

「ええ、そうよ」アガサは嘘をついた。「だけど、いろいろと時間がかかるの。ディスコですべてを撮影するから、そろそろザックとお父さんに会いに行った方がよさそうね。今頃ならディスコにいるかしら？」

「たぶんね。ゆうべの片付けをしなくちゃならないから。ゆうべディスコにいたけど、満員だったわ」彼女は心配そうに二人を見た。「あたしのことを取材するんじゃないの？　まさか、カイリーの死についての番組を作るために、全部ボツにするんじゃないわよね？」

「もちろんちがいますよ」ロイは言った。彼は両手でフレームを作り、そこからシャロンをのぞいた。「うん、きみはテレビ映りがよさそうだ」

シャロンはうれしそうににやっとした。「じゃあ、あなたの希望と野心について話して」アガサが水を向けた。

「あなたたちが来るまでは、すてきな男性と知り合って、盛大な結婚式を挙げて家庭に入ろうと思ってたの。子どもは二人ぐらい。だけど、今はもっと上をめざしているわ。つまり、その気になれば可能性は無限ってこと」

アガサは胸がチクッと痛むのを感じ、すぐにそれを消化不良のせいにした。シャロンは熱弁をふるい続けた。

「つまりね、あたしはずっと自己評価が低かったの」イギリスの若者はセラピー用語を使い慣れているようだ。「でね、自分がテレビに出られるような容姿だとは一度も思ったことがなかった。だけど、あなただってテレビの仕事にありついたんでしょ」

シャロンはアガサを見た。

「わたしはカメラの前には出ないわよ」ぴしゃりと言い返した。

「気の毒に、あなたはもう年だけど、わたしには若さっていう武器があるわ」シャロンはロイの方を向いた。「整形ってどう思う？　あたしの鼻、長すぎない？」

「いや、ちょうどいいよ」二人は笑い合った。

「カイリーの件だけど」アガサが話を戻した。「当然、彼女の死後、コンピュータに送らなければならない請求書が残っていないか調べたんでしょうね」

「ええ。フィリスがそれを頼まれて、すべて調べて処理したわ。だけど、メールのことは誰も考えつかなかったんです」

「オフィスのコンピュータでよく個人的なメールをやりとりするの？」

「ええ、そうね。去年旅行会社で働いている人と知り合ったら、〈バーリントン〉にメールを送ってきたわ」彼女はうれしそうに笑った。「すごくエッチなものもあったから、読んだらすぐに消去したけど」

それならカイリーも自分のメールを消去したのでは？　とアガサは思った。とりわけ脅迫に使うものなら。心臓の鼓動が速くなった。あるいはプリントアウトして、家に持ち帰ったのかもしれない。まだ家にあるかも。でも、あったなら、フリーダはそれを読んだはずだ。それでも確認してみる価値はある。その日は暖かく、狭いリビングに干からびかけたピザと酒とシャロンの安香水の臭いが充満して、息が詰まりそうだった。

「とりあえずはこのぐらいで」アガサは立ち上がった。

「だけど、また戻ってくるんでしょ？」シャロンが期待をこめてたずねた。

「ええ、またうかがうわ」

「さてお次は？」外に出ると、ロイがたずねた。「ディスコ？」

「行ってみましょう」

しかし、ディスコに着くと、店は閉められ鍵がかかっていた。「あそこにドアベルがある。誰かいるかもしれないぞ」

「いなければお次はフリーダ・ストークスね」アガサは言った。「ずっと考えていたんだけど、カイリーはバーリントンを脅迫する材料として、メールをプリントアウトしておいたんじゃないかって気がするの」

「彼女の家にはまずないですよ」ロイは言った。「だって警察が書類はすべて押収しただろうし、持ち物も調べたでしょうからね」

「そのとおりね」アガサはがっかりした。「とりわけ銀行の取引明細書を調べたあとですものね。ベルを鳴らしてみて」

ロイがベルを押したが、反応がないので二人が帰りかけたとき、ドアが開いた。ザックが日差しに目をしばたたきながら立っていた。体重が減り、目の下には隈ができている。

「ああ、戻ってきたんですね」ザックは元気のない声で言った。「おれたちのことはもうすっかり忘れたのかと思ってました」

「リサーチにとても時間がかかるんですよ」ロイは明るく言った。「あと少し話を聞かせてもらえますか？」

「親父が来るまで待ってもらえますか？　もうじきここに来ますから」

「ただの雑談だから」アガサが強気に出た。

「わかりました。入ってください」

ザックはスタッフたちが忙しそうに掃除をしているすえた臭いのするディスコを通り抜け、オフィスに上がった。「お酒は？」

「まだ早すぎるわ」アガサは言った。煙草に火をつけた。うわ、ひどい味。あわてて煙草をもみ消した。

「おれは飲みます」ザックは大きなグラスにウォッカを注ぎ、ストレートでゴクゴク飲んだ。

ロイは彼が飲み終わるのを待って、ディスコについて質問を始めた。何人ぐらい収容できるのか？　トラブルはなかったか？

ザックは椅子にぐったりともたれ、疲れた声で、土曜の夜は八十人近い客が入る、いや、トラブルは一切ない、ちょっとした小競り合いぐらいだ、と答えた。

「カイリーを殺害した犯人が見つかるまでは心が落ち着かなくて、日常の生活に戻れないんじゃない？」アガサはたずねた。

「そいつをつかまえたら、おれが殺してやる」ザックは声を荒げた。「愛らしい人だった、おれのカイリーは……美しかった。まだあんなに若いのに殺されるなんて。考えるのもつらいよ」ザックの両手はわななき、涙が頬を伝った。「誰のせいなんだろうと考えて考えて、もうへとへとなんだ」

オフィスのドアが開き、父親のテリーが入ってきた。アガサからロイへ、そして息子へと視線が移動した。

「ほら、見たまえ」彼はけんか腰で言った。「ザックはすっかりまいっているんだ。ディスコを撮影するのはかまわないが、カイリー・ストークスについて質問があるなら、今後はわたしに訊いてくれ。下に行け、ザック。そして、連中が酒をくすねていないか見張ってろ」

ザックは出ていった。質問から逃げだせてうれしそうだった。

アガサはロイがいてくれてほっとした。ロイはテリーにディスコについて、若者について、彼の生活全般についてたずねた。テリーは見るからにリラックスし、ディスコと自分がテレビに出るという期待に興奮すらしている様子だった。

最後にロイはこれでけっこうですと言った。部屋を出ようとすると、テリーが言った。「ちょっと待ってください。名刺をいただけるかな。何か思いついたら電話しますよ」

意外にも、ロイは名刺入れをとりだし、一枚を彼に渡した。テリーはしげしげと見てから満足そうな声をもらすと、シャツのポケットにしまった。

「どこの番号を渡したの?」通りに出るとアガサはたずねた。

「オフィスの個人用番号ですよ。名刺をくれと誰かに言われると思って、駅にある機械で印刷しておいたんです」彼は一枚を差しだした。そこにはこぎれいな文字で「ロイ・シルバー、役員、ペルマン・テレビジョン」という肩書きと電話番号が記されていた。

「だけど、あなたがオフィスにいないときに秘書が出たら?」アガサはたずねた。

「まえもって言い含めてありますから。『ミスター・シルバーの秘書です』とだけ言うように、と指示しておきました。もしも誰かがテレビについて質問しはじめたら、コンピュータで検索しろって」

「頭が切れるわね」

「他の誰かを訪ねる前にレディッチに行って、その女の子が意識を取り戻したか確認するべきじゃないかな」

「まず電話しましょう。でも、病室の外で警官が見張っていたら？」

「それが何だって言うんです？　親戚だって言えばいいですよ」

8

レディッチに向かうあいだ、アガサは黙りこくっていた。ふだんはめったに痛まない良心がしだいに疼《うず》きはじめていたのだ。ミセス・アンストルザー＝ジョーンズの死にも責任を感じたし、ジョアンナが襲われたこともそうだった。イヴシャムから出ると、アガサはウィッグをはずして後部座席に放り投げ、グローブボックスに眼鏡をしまった。

ジョアンナの病室の前に警官が見張りに立っていて、ブロンドのウィッグの女が来たと本署に報告されるのは避けたかった。

「たいていの病院は面会時間についてはうるさくありませんよ」ロイが言った。「ここがそうであることを祈りましょう。もしかしたらちょうど面会時間内に到着できるかもしれない」

「受付でたずねてみる？　それともただ中に入っていって、めあての病棟を見つける？」

「向こうに着いてから考えましょう」ロイは答えた。

「ははーん、そういうことか」駐車場に滑りこむと、ロイはつぶやいた。

「どうしたの？」

「あそこ。ＢＭＷから降りてきた人です。あれはジョン・アーミテージですよ。大きな花束を持ってた」

「彼といっしょに行けばいいわ」

「いや、あとをつけていきましょう。彼は病室がどこにあるか知っているはずだ」

二人はあわてて車を降りると、ジョンの追跡にかかった。病院は出たり入ったりする面会者で混雑していた。二人がジョンのあとをつけて廊下を進んでいくと、ジョンはあるドアの前で立ち止まり、外にすわっている警官に話しかけた。警官は病室に入っていった。アガサとロイは洗濯物を山積みにしたカートの陰に隠れた。警官がまた現れ、何かジョンに言うと彼は中に入っていった。

「行きましょう」ロイがせかした。

アガサは彼を引き留めた。「わたしたちは無理よ」

「どうして？」

「警官に名前を訊かれるわ。本名を言えば、それをメモするだろうし、わたしたちはブラッジ警部からお説教を食らう。ジョアンナの伯母だと言えば、伯母なんていないって、彼女がわめきはじめるかもしれない」

「伯母がいない人間なんていませんよ」

「彼女は両親が亡くなっているの。親戚とはずっと連絡をとっていないかもしれないわ。だめよ、駐車場に戻って、ジョンが出てきたら訊いてみましょう」

ジョンの車の隣で待っていると、ロイがたずねた。「彼はジョアンナに気があるんですか？」

「馬鹿言わないで。彼女のおじいさんになれるぐらいの年齢なのよ」

「関係ないんじゃないかな。あれはずいぶん大きな花束だった」

アガサの頭の中はぐちゃぐちゃになっていた。まず罪悪感が渦巻いていて、そこに心細さと嫉妬が交じり合った。ジョンはアガサにはまったく無関心なくせに、ジョアンナにはとても値の張る花束を贈ったのだ。

丸一時間も待ったあとで、ようやくジョンが姿を見せた。「ジョアンナに会いに来たのかい？」彼は二人に近づいてきた。

「あなたから話を聞いた方がいいって判断したの。今、わたしは警察ににらまれているし」アガサは言った。「でも、考えてみたら、あなたもそうよね」

「ああ、わたしは問題ないよ。ジョアンナの方からわたしに会いたがったんだ」

「どうして?」アガサは鋭くたずねた。「何か覚えていたの?」

「何も。最後に覚えているのは、頭を思い切り殴りつけられたことだそうだ」

「無駄足だったね。イヴシャムに戻って他の女の子に話を聞かないか、アガサ?」ロイが言った。

「それはできないよ」ジョンが言った。「警察に関わるなと強く警告されているんだから」

「わたしは車で待っていて、ロイに質問をしてもらうわ」アガサは急いで口をはさんだ。「病室に一時間もいたけど、何を話していたの?」

「本、映画、そういったことだよ」

「行きましょう、ロイ。あなたが運転して」アガサはさよならも言わずに、きびすを返すと自分の車に向かった。

ジョンはイヴシャムまでアガサのあとをついて走っていった。町に近づくと、アガサが後部座席に手を伸ばし、ブロンドのウィッグをとって頭にのせるのに気づいた。警察にあれだけ制止されたのに、まだ変装を続けているなんてどういうつもりなんだろう？

しかし、ジョンは仲間はずれにされたようなさみしさも感じていた。アガサはあの青年と本当に深い関係なんだろうか？　ロイはそれをほのめかしていた。ロイは日曜の夜には仕事に戻らなくてはならないだろう。それまで勝手にさせておいて、それからアガサを訪ねるのがいいかもしれない。

「次は誰ですか？」ロイがたずねた。

「わからない」アガサは疲れた声を出した。ふいに、もう家に帰り、現実世界を忘れたいと感じた。現実世界ではハンサムな男はどんなに年を食っていようと、きれいな若い女性が好きなのだ。

「元気を出して、アギー。すべての女性に勝つのは無理ですよ」

「あなたがいけないのよ。彼にわたしたちが特別な関係だと思わせたせいよ」

「そうやってぼくを責めれば気分が少しでもよくなるなら、それでもいいけど……ところで、目下の問題に注意を向けてください。次に誰に会いますか？」

「そうねえ」アガサはしぶしぶ考えた。「次はあのぞっとするフィリスがいいんじゃないかしらね。カイリーに彼氏を奪われて、彼女はカイリーを憎んでいた。何か口を滑らせるかもしれないわ」

「電話番号はわかりますか？」

アガサは後部座席に手を伸ばしてクリップボードをとった。

「ここに全員の電話番号と住所をメモしてあるわ」

「じゃあ、電話してみましょう。会ってほしいって頼んでください。どこがいいかな？」

「駐車場からすぐのところにいいパブがあるわ。パブでランチでもどう？」

「いいですね。じゃあ、彼女に電話してください」

「あなたがかけて。彼女のこと苦手なの。それに自分を元気づけるために少し時間が必要だから」

ロイはフィリスの番号にかけた。ランチの約束をしているロイの声を聞きながら、アガサはぼんやりとジョンのことを考えていた。ジョンはセックスにまったく興味のない男性に思えたのに。本気でジョアンナに関心を持っているのかしら？　それに、元奥さんはそんなにひどい女だったの？　それとも彼に何か問題があるのかも。

ロイがこう言ったので、はっと白昼夢から覚めた。

「行きましょう。それから、もしこうだったら、ああだったら、って夢想にふけるのはやめてください。さあ、フィリスに会いに行きますよ」

パブはフィリスの家から歩いてすぐだったにもかかわらず、彼女はたっぷり三十分かけて現れた。フィリスを見たとたん、分厚くメイクしていたせいで時間がかかったのだとわかった。肉のついた顔にはこってりと白いファンデーションが塗られ、頬紅が差してある。睫《まつげ》はマスカラをつけすぎて針金みたいに突きでていたし、唇はただでさえ大きいのに、深紅の口紅のせいでますます巨大に見えた。

彼女が食べ物と飲み物を注文すると、ロイが切りだした。「あなたは本当に勇敢だと思うなあ」

「あら、どうして?」フィリスは唇を湿らせると、このテレビ局の役員をたぶらかすことができるだろうかと考えた。

「だって、まだ〈バーリントン〉で働いているんだから。ふつうなら、次は自分かもしれないって怖気づくだろう」

「あたしはちがうわ。いい、カイリーについて秘密情報を教えてあげる。彼女は根性の曲がったずるい小娘で、ズボンをはいている相手には誰彼なしに睫をパチパチさせていたの。しかも、ボスとも寝ていたのよ」

「どうしてそれを知ったの？」アガサは追及した。

フィリスは謎めいた表情になった。「噂で」

「だけど、誰が彼女を殺したがるんだろう？」ロイがたずねた。

フィリスは前のめりになり、乳房がテーブルに乗った。「シャーシー・ローム」

「何ですって？」アガサは困惑して彼女を見つめた。

フィリスは馬鹿にしたように笑った。「『男を探せ』っていう意味よ」

「フランス語でシェルシェ・ロムって言ったの？」

「ええ、あたし、そう言ったでしょ？　ともあれ、カイリーみたいなあばずれは、ミスター・バーリントン以外とも関係を持っていたにちがいないわ」

「誰か思いつく人がいる？」

「いいえ、でも警察がいずれ見つけるわよ。カイリーは天罰が下ったってわけね」

「あなたは頭のいい女性だから何か手がかりをくれるよね」ロイがおだてた。

フィリスはロイに向かって睫をしばたたこうとしたが、針金みたいな上睫が下睫とくっついてしまい、それをこじ開けるまで、しばし気まずい沈黙が続いた。

「ジョアンナが襲撃された夜はどうだったの？」アガサがたずねた。「シャロンはスカーフをとりに戻ったと言っていた。あとからシャロンはあなたたちと合流した？　それに、スカーフをしていた？」

「気づかなかったわ」フィリスは空のグラスを持ち上げた。「お代わり、いいかしら？　だって、どっちみち経費で払うんでしょ？」

ロイがお代わりをとりにバーに行った。

「いいお尻をしてるわ」ロイの後ろ姿を見ながらフィリスが言った。

ロイはとてもやせているうえジャケットがお尻を隠しているから、お尻の形なんて判断できるはずもないのにとアガサは思った。おそらく、女性誌が勧めている言葉を真似しているだけなのだろう。女性は本当に男性のお尻を眺めるもの？　それとも、男女差別をなくすために、フェミニストのせりふとして口にされるようになったのかしら？

ロイが戻ってきた。「ありがとう。乾杯」フィリスが言った。「どこまで話しましたっけ？　ああ、ジョアンナの件ね。あれはダークホースよ。ミス・気取り屋さん。彼女も何かしら、からんでいるわね。カイリーのコンピュータに自分をおとしめるようなメールがあるかもしれないと心配になったにちがいないわ。そうだ！」フィリスの目がぎらついた。「ハリー・マッコイが言ってたの。ある晩、イヴシャムのハイ・ストリートでバーリントンの車が目の前を通り過ぎていったんだけど、そのとき、まちがいなくジョアンナが隣にすわっていたって」

それが本当ならいいのに、ジョンはそれを聞いてどう思うかしら、とアガサは考えた。聖人のジョアンナには少し飽きてきたわ。

食べ物が運ばれてきた。アガサはフィリスを啞然として眺めた。これほど速く食べる人は見たことがなかった。大きな口が皿にかがみこんだと思ったら、次の瞬間には皿が空になっていた。掃除機が食べ物を吸いこんでいるみたいだった。

フィリスはテレビスターになりたいという夢を滔々《とうとう》と語った。オフィスの女の子の中でスターになれそうな容姿に恵まれているのは自分だけだ、と。

アガサとロイは無言で料理を口に運びながら、延々と続くフィリスの耳障りな声をできるだけ耳に入れるまいとした。早く逃げだしたかったが、フィリスはさらに飲み物とプディングをほしがったので、彼女が大きなアップルパイとカスタードをダブルのレッドブルウォッカとともに平らげるのを待たなくてはならなかった。フィリスの顔は大量の酒と食べ物のせいで赤くなり、さらにしゃべり続けたが、ようやく二人は逃げだすことができた。

「ふう！」彼女を厄介払いすると、ロイは嘆息した。「さて、次は？」

「馬鹿な女の子たちのスターになる夢をこれ以上聞かされるのには、もう我慢できそうもないわ。バーリントンについてジョアンナから聞きだしてもらうように、ジョンに頼んでみましょう」

「ハリー・マッコイが見まちがえたという可能性もありますよ。それに、あなたはジョンがこのジョアンナって子に関心を持っていることに嫉妬してるでしょう」

「ちがうわ！　いい手がかりだから無視するわけにいかないだけよ」

二人がコテージに戻ってくると、ジョンは家にいた。彼はその話をじっくり聞くと、意見を言った。「たんに家まで送っていっただけかもしれない」

「ハイ・ストリートを通って？」アガサが鼻で笑った。「道がちがうわ」

「まあ、他にやることもないしね。レディッチまでひとっ走りして、彼女の説明をあとで伝えるよ」

「お友だちのミセス・ブロクスビーを訪ねるってのはどうです？」ジョンが出発してしまうと、ロイが提案した。「わかったことを彼女に聞いてもらって、意見を求めたらどうかな。あの人はとても頭がいいですからね」

「忙しいかもしれないわよ」アガサは反対した。ミセス・ブロクスビーが自分よりも推理力にすぐれているという意見を耳にすると、心穏やかではいられなかった。

「まあ、訪ねてみましょう」

ミセス・ブロクスビーは家にいて、二人を歓迎した。ロイが最近調べてわかったことについて説明する横で、アガサはむっつりと黙りこんでいた。

「ドラッグがらみにちがいないわ」ミセス・ブロクスビーは言った。

「どうして?」アガサはたずねた。「わたしは恐喝と嫉妬が関係していると思うけど」

「ただの直感よ。カイリーがあのウェディングドレスのことで悩んでいるのを誰かが知る。そして、その誰かは彼女に電話する。あるいはオフィスの女の子の誰かだったら、こんなふうに言う。『それを持って家を抜けだして見せにきてくれない?』へン・パーティーでカイリーはちょっと酔っ払っていたし、夜中にドレスを抱えて出かけることも、さほど奇妙だと思わなかったのよ」

「もちろん、警察はそう考えたでしょうね。夜にイヴシャムの通りをドレスを抱えている女の子を目撃していないか、聞きこみをしたにちがいないわ」

アガサは煙草に火をつけ、顔をしかめてもみ消した。どうして吸おうとしたのかしら? これまで牧師館で煙草に火をつけたことなんて一度もないのに。

「教区の問題に戻るけど」とミセス・ブロクスビーが話を変えた。「学校の講堂で来週の日曜に、老紳士がコッツウォルズの古い写真展を開く予定なの。展示会の入場料はたった二十ペンスよ。だけど、さらにお金を集めるために、お茶とケーキを出す予定なの。あなたにお手伝いを頼めるかしら、ミセス・レーズン？」

「彼女に頼んでもむだですよ」ロイが茶化した。「ケーキは焼けませんから」

アガサは顔をぎゅっとしかめた。

「お茶を出すのを手伝っていただけないかと思ったの。ミセス・アンストルザー＝ジョーンズがお手伝いの一人だったんだけど、気の毒に、もうできなくなったから」

ミセス・アンストルザー＝ジョーンズの死に対する罪悪感で、アガサはぼそっと言った。「ええ、お手伝いするわ」

「よかった」

ジョンの方の首尾はどうかしら、とアガサは気になっていた。


ジョンはジョアンナの病室にそっと入っていった。彼女は眠っていて、とても若く傷つきやすく見えた。持ってきたチョコレートの箱をベッド脇のテーブルに置いた。

ジョアンナの目が開き、彼を見上げた。

「ジョン！」彼女は叫び、頬がうっすらとピンクに染まった。「一日に二度も面会に。

あたしもいい知らせがあるの。明日、家に帰れそうなんです」

「本当に?」

「ええ、すっかりよくなりました」ジョアンナは枕に寄りかかって体を起こし、ジョンにまばゆい微笑を向けた。

「ジョアンナ、些細なことなんだが、ひとつ気になることがあるんだ。カイリー・ストークスの件なんだけどね」

ジョアンナはからかうように彼を見た。「それで、大急ぎであたしに会いに来たのね」

「きみがバーリントンの車に乗ってイヴシャムのハイ・ストリートを走っているのを見たという目撃情報があるんだ」

「ある晩、家まで送ってくれたことがあるんです」ジョアンナは目を伏せて、ベッドカバーをいじった。彼女が爪を赤く塗っているのにジョンは気づいた。彼はジョアンナが赤いマニキュアをするタイプの女性だとは思っていなかった。あら、そうなの?アガサ・レーズンの揶揄《やゆ》する声が頭に響いた気がした。だいたい、赤いマニキュアの女性ってどういうタイプなの?

「ジョアンナ」彼はさらにたずねた。「バーリントンがきみを家に送っていくなら、ハイ・ストリートは通らないだろう」

長い沈黙が続いた。それからジョアンナは小さな声でたずねた。

「それ、警察に言うつもりなんですか？」

「今、アガサとわたしは警察とは仲がよくないからね。でも、わたしには本当のことを話した方がいいと思うよ」

「彼はあまりいい人じゃないんです」ジョアンナは低い声で言った。

「それは知ってるよ。推測はつく」ジョンは深呼吸した。「きみは彼と関係を持っていたのか？」

ジョアンナは爪と同じぐらい真っ赤になった。

「ええ」ささやくように答えた。

ジョンの頭にふいにバーリントンの顔が浮かんだ。赤ら顔で髪の毛が薄くなり、毛深い手をした男。「いったいなぜ？」

「その晩、家に送ってくれたときに始まったんです。彼はまず書類をとりに自宅に行きました。それからサイレンセスターに新しいレストランがオープンしたばかりだから、行ってみないかって誘われたんです。とても高級な店です。これまで高級な店には行ったことがなかったので、うれしかった。とても楽しかったわ。彼は離婚するつもりだ、結婚したのはまちがいだった、と言いました。商売はうまくいっているから、じきに休暇をとれるだろう。そうしたらカリブ海あたりに、あたしみたいな子を連れていきたいって。あたし、海外に行ったこともないんです。あたしは野心があるし、世界を見たかった。ぜひ行ってみたい、と思った。彼はいっしょに行ってくれるなら、離婚して、きみと結婚する、だから、これは不倫とかじゃないんだ、って言ってくれました。

あたしたちは関係を持つようになりました。関係って呼べるようなものじゃないかもしれません。あたしの家に週に三晩来る、それだけです。少しも楽しくなかったけれど、結婚しているんだからしょうがないかなと思いました。しゃれたレストランに行けるし、華やかな休暇もとれるならね。やがて、彼は急にあたしと会うのを止めました。一週間後、会社で彼の部屋にずかずか入っていき、なじりました。彼は怒って、ずっと忙しかったんだと言い訳しました。思っていたほど商売がうまくいっていないし、妻が出資しているんだって。なんてまぬけだったんだろう、って悔しかった。でも、彼に恋をしていたわけじゃないから、そんなに落ちこまなかった。彼がカイリーとつきあっているってわかるまではね。だから、思い切って彼女に手を引けって言ってやったんです。彼女はただわたしを馬鹿にして笑い、鏡で自分を見たら、って言った。バーリントンはあんたみたいな人には真剣にはならなかったかもしれないけど、あたしには本気なのよ、って。彼女が憎かった。馬鹿なあばずれよ」

ジョンは悲しくなった。ジョアンナはみんなより自分は一段上だと思っているようだったし、彼もそう信じていた。彼女はジョンの本を読んで、賞賛してくれた。だから、作家の虚栄心から、頭がいいにちがいないと思いこんだのだ。

「きみがカイリーを殺したのか?」ジョンはたずねた。

「もちろんちがうわ。あたしをなんだと思ってるの? 彼女は殺すのに値しないわ」

ジョアンナは枕に頭をのせて目を閉じた。

「そろそろ帰るよ」ジョンは告げた。

ジョアンナはパッと目を開けた。「だけど、またすぐ会えるでしょ。またレストランに行っておしゃべりしましょう」

「これからとても忙しくなりそうなんだ。新しい本を書かなくてはならないから。しばらく誰とも会えそうもないな」

ジョアンナはじっと彼を見つめていたが、ふいにその目が冷たくなった。

「警察はカイリーのメールを調べさせたのがあなただということは知らないけど、たぶんそれを話すかもね」

「そうしたら、最初に言わなかったことで、とても不審に思われるだろう。それに警察がわたしを訪ねてきたら、きみが今、バーリントンについて言ったことを話さないわけにいかないだろうね」

ジョンはきびすを返して病室を出ていった。

車を走らせながら、アガサにジョアンナの話をするのが億劫になってきた。もっとも新しい傷ができたわけではなく、古い傷口が開いただけで、ジョアンナとの不快な一件は結婚の失敗を思い出させただけだった。それは悲しい事実だ。妻はとても美しく、ジョンは心から誇りに思っていた。作家会議でスピーチをするとき、自分をうっとりと見上げているブロンド美人を壇上から見下ろすたびに、胸の高鳴りを感じたものだ。最初の浮気が露見したとき、彼は打ちのめされた。妻は泣いて、二度としないと約束した。しかし、何度もそういうことが起き、ついに屈辱のせいで彼の愛情も葬られてしまったのだ。ジョアンナを愛していたわけでも、友情を深めようという意図があったわけでもなかったが、ジョアンナが彼のひとことひとことに夢中で聞き入っている様子に得意になっていた。実際には今になって思い返してみると、ディナーをとりながら本や演劇や映画について語ったのはもっぱら自分で、ジョアンナは彼の言うあらゆることにはしゃぎながら同意していただけだった。

　このままロンドンに行き、友人と過ごすことにした。だが、家に帰らなかったら、アガサは警察に電話するだろう。それに荷物も詰めなくてはならない。

　バーリントンとジョアンナのことはアガサに話す必要はないだろう。あきらかに事件とはまったく関係のないことだ。ともあれ、すべてを警察に任せるつもりだった。


「どこかおかしいわ」アガサはロイに言った。バーリントンに家に送ってもらったが、その前にファイルをとりにバーリントンの自宅に寄ったからあの道を通ったのだとジョアンナは説明していた、とジョンが報告して帰っていったあとのことだ。

「たしかに」ロイは同意した。「いつも以上に顔がこわばっていた。情報を何か隠しているんじゃないかな？　しかも、大急ぎでロンドンに出発したし」

「目の奥に何か浮かんでいたわ。傷ついているように見えた。あの人、彼女に迫って、ふられたんじゃないかしら。馬鹿ね！」

「まったくね」ロイが大笑いした。「どうしてあなたに迫らなかったんだろうね？」

「疲れたわ」アガサはその冗談を聞き流した。「もうこれ以上質問して回りたくないんだけど」

「本当は彼がジョアンナに何を言ったのか、知りたくないんですか？　しっかりして、アギー。ぼくは好奇心ではちきれんばかりだし、ジョアンナは明日退院するってジョンが言ってたから、彼女の家に寄ってみてもいいんじゃないかな。ねえ、バーリントンがまず自分の家にファイルをとりに寄った、っていう話を本気で信じるつもり？　どうしてジョアンナを最初に降ろさなかったんだ？」

「わかったわ。彼女に会ってみてもいいわね」もしもジョン・アーミテージがあんなに若い女の子に迫ったのだったら、二度と彼と関わるつもりはないわ、とアガサは心に誓った。

翌日、玄関に現れたジョアンナは元気はつらつとして、きれいだった。きのうまで入院していたようにはまったく見えない。しかし、アガサを見ると彼女の顔は暗くなり、アガサの後ろをのぞきこんだ。ジョンを探しているんだわ、とアガサは思った。

「こちらはわたしの友人のロイ・シルバーよ」アガサは彼を紹介した。「入ってもいいかしら？」

「ええ、どうぞ。ジョンはどこなんですか？」

「ロンドンに行ったわ」

ジョアンナは小さく肩をすくめると、二人をリビングに案内した。

「それで、襲われたときのこと、何か覚えている？」アガサはソファにロイと並んですわるとさっそく切りだした。

「まったく何も。カイリーのコンピュータの前にすわっていて、頭を殴られ、それっきり病院で意識を取り戻すまで記憶がないんです」

アガサはジョンから何も聞いていないふりをすることにした。

「バーリントンの車に乗っているのを目撃されたって聞いたんだけど、ハイ・ストリートを走っているときに？」

ジョアンナは立ち上がって、花瓶から枯れた花を取り除き、ゴミ箱に捨てた。それからまた戻ってきてすわった。「ごめんなさい。ちょっと片付けたくて。何でしたっけ？」

アガサは質問を繰り返した。

「ジョンからも訊かれたわ。彼はどう言ってました？」

「何も教えてくれなかったの」アガサは嘘をついた。

「ミスター・バーリントンはバーミンガムに行く前に自宅からファイルをとってこなくてはならなかったんです。それだけですよ。それをとってから、あたしを家に送るって言いました」

「それって意外だった？」アガサはたずねた。「つまり、それまでにも彼はあなたを家に送ってくれたことがあるの？」

「いえ、一度も」

「じゃあ、そのときはなぜ？」

「なぜ、なぜ、なぜって、彼が会社を出るときに、たまたまあたしも帰るところだったからでしょ」ジョアンナは怒りだした。「それだけです」

ジョアンナの顔は真っ赤で、床に視線を向けている。

「いいえ、わたしはそれだけじゃないと思うわ」

ジョアンナはアガサをにらみつけた。「あの裏切り者がしゃべったのね」

裏切り者というのがジョンだとわかり、アガサはあいまいな微笑を浮かべた。

「ようするに、あたしを捨ててカイリーに乗り換えるまでの短い火遊びだったのよ」

ジョアンナは吐き捨てるように言った。

「彼女のことがさぞ憎かったでしょうね」

「あの女は貪欲なあばずれよ」

「恐喝するあばずれでもあったわ」アガサは言った。「あなたも彼を恐喝しようとはしなかったの?」

「あたしがそんなことすると思う?」

「さあね。そもそも、あなたがバーリントンみたいな男と関係があったなんて、これっぽっちも想像していなかったから」

「彼は結婚するって約束したの。休暇に海外に連れていってくれるって言った。あんたみたいな金持ちのババアには――」

「言葉に気をつけなさい」

「ともかく」ジョアンナはふてくされていた。「旅行もしたことがなくて、いいレストランに行くお金もなくて、古着屋で服を買っているのがどんな気持ちか、あんたにはわからないわよ。ああいうおじさんはみんな、おんなじ。おじさんなんて大嫌い」

彼女の目にふいに悪意が浮かんだ。

「ジョン・アーミテージも同じよ。彼ったら、家に引っ越してきてほしいなんて言ったのよ。信じられる? だけど、彼もバーリントンみたいになるとわかったから断った。彼にたずねてもむだよ。絶対に否定するから」

「ええ、まちがいなく否定するでしょうね」アガサは言った。「バーリントンはカイリーの死になんらかの形で関わっていると思う? 自分では手を下さなかったかもしれないけど、誰かを雇ってやらせたのかもしれないわ」

「たぶん、そうかも。あの男なら、何だってやりかねないわ」

「それはどうかな」ロイが反論した。「彼は口止め料を払っていて、その金は彼女の口座に振り込まれていたんだ」

「もっと要求したのかもしれない」

「とりあえずはこれで」アガサは立ち上がった。

「これっきりにしてもらいたいわ。出ていったら、二度と戻ってこないで」ジョアンナは怒鳴った。


「わお」いちばん近いパブに落ち着くと、ロイは言った。「今の話、どう思いますか？ジョンが彼女に迫ったとはまったく思いませんけどね」

「あら、そう？　じゃあ、どうしてわたしたちに今の話をしなかったの？」

「おそらく彼女に好意を持っていたので、ただの金目当ての女だと知って自己嫌悪に陥ったんですよ。はっきり言って、全員ぞっとするような女の子たちだ」

「ロシアのことわざがあるわ。『魚は常に頭から腐る』腐ったボスだと、スタッフも腐るのよ」

「ねえ、アガサ、商売は本当に順調だったんですかね？　彼の奥さんがお金を出しているっていう話もあったけど」

「なんだかどうでもよくなってきたわ」

「あきらめちゃだめですよ。女の子の中で、きちんとしていてまともだと思えた子はいましたか？」

「アン・トランプね。両親と暮らしているの。いちおう、きちんとしているように見えたわ」

「彼女に会いに行きましょう」

十分後にアン・トランプと向き合ってすわったとき、アガサはまたもや変装をしていて、カイリー・ストークスとジョアンナ・フィールドの話をどう持ちだしたらいいだろう、と頭をひねっていた。テレビ局の人間が再び訪ねてきたので、アンは見るからにわくわくしているようだった。

アンの生活について大量のメモをとるふりをしたあとで、とうとうアガサは切りだした。「オフィスの他の女の子たちとはどんな関係なの？」

「ああ、なんとかやってます」

「ジョアンナにあんなことがあって、さぞ怖かったでしょうね？」

「ええ、ぞっとしますよね？　だけど、彼女を襲った犯人はもう二度としないと思います。だって、彼女はまちがいなくカイリーのメールを調べていたんだから」

「個人的な質問をしたいんだけど。ボスに誘われたことがある？」

驚いて彼女は目を丸くした。「ミスター・バーリントンにってことですか？　まさか、ありません。彼とカイリーのことを聞くまで、彼がそんなことをするなんて夢にも思わなかったわ」

アガサは躊躇した。ジョアンナの名誉を守る義務があるだろうか？　ノー。

「彼がジョアンナとも関係を持っていたことを知っている、短いあいだだけど？」

「ええっ、あのエロじじい！　それにジョアンナも！　いつもすましていて、あたしはきちんとしていますって顔をしているくせに。だってね、誰かが誕生日だと、あたしたちといっしょに飲みに来るくせに、絶対にうちとけないんです。いつもいちばん先にパブを出ていくわ」

「ヘン・パーティーの夜はどうだった？」

「最後までいました。みんなでイヴシャムまで歩いていって別れるまで。フィリスはいなかったけど、ザックのことでカイリーに恨みを抱いていたから。ねえ、ジョアンナを殴りつけたのはフィリスかもしれないと思っているんですか？」

「どうして彼女がそんなことをするの？」

「わかりません。考えてみたら、あたしは何も知らないわ。でも、ミスター・バーリントンがジョアンナとカイリーに迫っていたら、フィリスも誘ったかもしれない。ジョアンナが仕事に戻るのが楽しみ。ちょっとやりこめてやる」

アガサは不安になって止めた。「どうかそれは遠慮してちょうだい。わたしたちがあなたに話したことは、あくまで内密にお願いするわ。テレビに出る以上、秘密を守れることがとても重要なのよ」

「ひとこともらしません」アンの目はテレビに出演すると考えてきらめいていた。

またもやアガサは良心が疼いた。

「何も得られなかったですね」外に出るとロイが言った。

「すべてを放りだしたくなったわ。ジョアンナに何も言わないといいけれど」

「どうして？」

「ジョアンナのことが怖いの。彼女はわたしの正体を知っているし、住んでいる場所も知っている」

「あなたもジョン同様、彼女にだまされていたんですか？」

「ええ、実際、ジョアンナは他の子よりも賢いと考えていたの。すっかりだまされたわ。フリーダ・ストークスを訪ねた方がよさそうね。警察が何か突き止めたなら、彼女が知っているかもしれないわ」

フリーダは自宅にいて、二人を歓迎した。アガサが探りだしたことを語ると、フリーダは熱心に耳を傾けていた。

「警察はジョアンナとバーリントンのことは知らないわ。話すべきかしら？」フリーダがたずねた。

「今のところは黙っておいて。警察はどうしてあなたが知ったのか訊くでしょうし、そうなると、わたしたちが困った立場に立たされるから。どういう線で事件を追っているか、警察から何か聞いていますか？」

「いいえ。またやってきて娘の部屋を調べていきました。すでにたくさんものを押収しているのに」

「どんなもの？」

「アスピリンのボトルとか、化粧品とか。ドラッグの痕跡を探しているみたいです。人形やぬいぐるみまで持っていきました」

「じゃあ、わたしたちが今さら探してもむだね。カイリーはジョアンナについて何か話したことがありましたか？」

「覚えていないわ。文句を言っていたのは、いつもフィリスに対してでした」

「女の子たちの中で、特に仲がよかった子はいますか？　ウェディングドレスを誰かに見せに行ったはずなんです」

「家の近所では誰とも会っていなかったんじゃないかしら。ハリー・マッコイが知っているかもしれませんね」

アガサは携帯電話をとりだした。「彼とまた話してみるのもいいかもしれないわ」

彼女はクリップボードを調べて彼の番号にかけた。「ハリー？　テレビ番組の取材をしているんですけど、あといくつか質問したいことがあるの。以前に会ったカフェで会えるかしら？　よかった。十五分後ぐらいに」

テレビ局の人間に変装をしてこの青年のおもしろくもない社交生活に興味があるふりをするのはさっさとやめて、事件について質問できたらいいんだけど、とアガサはじれったかった。しかし、辛抱強くメモをとると、ようやく彼にこう質問した。

「ジョアンナ・フィールドが襲われたことはどう思いますか？」

「どう考えたらいいのかわかりません」ハリーは言った。「だって、彼女はカイリーのコンピュータを調べていたんだから、何者かはそこにあるものを彼女に見せたくなかったわけでしょう」

アガサはジョアンナのことを彼に話すべきか逡巡した。そもそも、ジョアンナを守る理由があるかしら？　とりあえず次の質問をした。

「カイリーはウェディングドレスのことで心配していたみたいなの。それを誰かに見せたかったんだと思うけど、女の子たちの中で、特に仲がよかった子はいますか？」

「いなかったんじゃないかな。カイリーはみんなのことを馬鹿にしていました。ジョアンナは思い上がっているし、フィリスはブスだし、自分は配管会社の経理や販売を一生やるつもりはないって言ってました。ときどき集まって一杯やっているのは知ってますが、それだけですよ。真夜中にカイリーを呼びだすのは、とても特別な相手にちがいないから、ザックじゃないかな？」

「結婚式前に花婿にドレスは見せたくなかったと思うけど」

「ジョアンナと会ったんですか？」ハリーがたずねた。

「ええ、退院して、すっかり回復していたわ」

「で、カイリーのコンピュータで何か発見したんでしょうか？」

「いいえ、電源を入れたときに、誰かに殴られたって言ってた」

「カイリーの死について、こういうことはすべてテレビで報道されるんですか？」ロイが初めて口を開いた。「背景を調べているんですよ。というのも、カイリーの死について触れずに、イヴシャムの青年たちについての番組は作れないからです。どの新聞にも載りましたからね」

ハリーは笑った。「フィリスは気に入らないでしょうね。死んでもなお、カイリーの方が目立っているから」

アガサは彼の笑っている顔を見た。「カイリーの死が悲しくないんですか？」

「え？　ああ、もちろん。ある意味ではね。ただ、彼女が死んだら、ぼくの恋人だったっていう気がしなくなったんです」

「だけど、彼女とつきあっていたんでしょ」

「でも、短い間ですよ」

彼は本当のカイリーのことを知らなかったのだ、とアガサは思った。美人のカイリーは連れて歩くと自慢できる、それだけで充分だったのだ。

その晩、アガサはロイを駅まで送っていった。ハリーのあと、二人はもう誰にも会わないことにして、アガサのコテージに戻ってから探りだしたことをコンピュータで打ってみたが、何も手がかりを得られそうになかった。

猫と遊んでから、アガサは寝ようとして二階に行ったが、ふいに孤独が身にしみた。シャワーを浴び、寝る支度をしてから軽いロマンス小説でも読もうとしたが、事件のことが頭に浮かんで集中できなかった。ひとつ何かがひっかかっていた。見落としている些細だが危険なことが。

そのときはっと体を起こした。ジョアンナは誰かに殴られる前に、カイリーのコンピュータで何かを発見したのではないだろうか？　もしそうだったとして、殺人者を恐喝するのにそれを利用しようとするほど彼女は愚かだろうか？　ジョアンナがバーリントンみたいな男と金だけのために関係を持っていたなら、誰かの有罪を告発する証拠は、現在の生活から抜けだせる絶好の機会だと考えたのでは？

アガサはベッドから出ると、行ったり来たりしはじめた。ジョアンナがバーリントンと関係があったことをどうにかして警察に知らせなくては。あの馬鹿な娘の命が危険にさらされている。電話したら、アガサの声だとわかるし、どこかの訛りを真似することなんてできそうにない。いや、ひとつしゃべれそうな訛りがあった。もはやメイフェアの暮らしで葬り去られていたが、バーミンガムのスラム街の訛りだ。

彼女は階下に行き、受話器をとりあげてウスター警察の番号にかけようとして、電話が逆探知できることを思い出した。寝間着の上に長いコートをはおると、薄い手袋をはめ、車に乗りこんだ。暗闇の中をイヴシャムに向かい、駅の外の公衆電話に行くと、ウスター警察にかけた。「聞いてくんな」アガサは女性警官が出ると乱暴な口調でしゃべった。「あのカイリー・ストークスの殺しだけどさ、ジョアンナ・フィールドって女が頭をぶん殴られただろ。あいつ、バーリントンと寝てたんだ。メールでなんか見つけて、そいつを恐喝するつもりでいるんだよ」

「どなたですか？」相手が鋭い声でたずねた。

アガサは受話器を置いて車に乗りこむと、環状道路を使って家に戻った。警察は通話を公衆電話までたどったら、できるだけ早く現地に人を派遣しようとしてバイパスを使うはずだからだ。そのとき、前に科学捜査の番組を見ていたときに、ＤＮＡによって誰が電話を使ったか近いうちに割り出せるようになると言っていたことを思い出して、ぎくりとした。電話を使った人間は、受話器に一定量のＤＮＡを残すらしい。あの番組はいつごろのものだっただろう？　もうそれが可能になっただろうか？　いや、前回の事件で指紋はとられていたが、ＤＮＡはとられていないし、サンプルをとりたいと要求される理由もないはずだ。ほっとしてステアリングを握る手をゆるめた。

家に帰り着いたときは全力を尽くしたという心地よい気分でリラックスし、眠くなっていた。

それから数日間、アガサはカイリーの事件を頭から追いだした。そうすると、ふいに大きな安堵を覚えた。フリーダ・ストークスのことを考えるとちょっとうしろめたかったが、できることはすべてやったのだ、と自分を納得させた。ジョン・アーミテージはまだロンドンにいた。彼をお手本にして、もうよけいなことはしないつもりだった。

しかし週末にはフリーダに会いに行き、そう決めたことを伝えるのが礼儀にかなっているだろうと考えた。

そこでイヴシャム市場まで行き、フリーダが働いている屋台を訪ねた。彼女は向かいの屋台の女性に声をかけた。「ちょっと代わりに見てもらえる、グラディス？　お茶してくるから」

「ここでは何も話さないでください」フリーダは言った。

「いいよ。今日は墓場みたいに静かだし」グラディスは答えた。

二人は市場の裏手のカフェに行った。アガサはお茶を二杯頼み、テーブルに運んでいった。フリーダの最初の言葉は意外なものだった。

「ジョアンナのことで心配しているんでしょうね」

「ジョアンナがどうかしたんですか？」アガサの心臓が跳ね上がった。

「行方不明になっているんです。わたしのところにも警察が来ました。会社に出勤していないんですけど、警察はそれで心配したんじゃないんです。ジョアンナがバーリントンと関係していて、誰かを恐喝するつもりらしい、っていう謎の電話があったんですって。それで部屋を何度訪ねても出ないので、ついにドアを押し破ったんです。彼女はいませんでした。書き置きもない。服も詰めてない。何もなくなっていなかった。ジョアンナだけが消えていたんです」

遅すぎたんだわ、とアガサは思った。わたしは遅すぎた。

「悪夢みたいです。殺人犯がうろついているんですよ。警察はどうして何もできないんでしょう？」

たぶん、わたしが情報を少し長く隠していたせいだわ、とアガサは悄然としながら考えた。

「わたしではたいして助けになれないみたいだわ、フリーダ」アガサは言った。「さんざん努力したけど、秘密をほじくりだすばかりで、いまだに誰が殺人犯かもわからない」

「永遠にわからなければ、かわいそうな娘はお墓の中で安らかに眠れない気がします」フリーダは打ちひしがれていた。

「埋葬のために遺体は返されたんですか？」

「ええ、お葬式は明日です。そのことは伏せています。マスコミには来てほしくないので」

「どこでお葬式をするんですか？」

「グリーンヒルの上の聖エドマンド教会で午前十一時に。いらっしゃいますか？」

「ええ、うかがいます」


カイリー・ストークスの葬儀は晴れて暖かい土曜日にとりおこなわれた。ザックは父親といっしょに参列し、オフィスの女の子たちも来ていた。ジョアンナ以外は。葬儀は短く簡潔だった。フリーダの目は真っ赤だったが、涙は流していなかった。娘の死に際してすでにさんざん涙を流したので、もう一滴も涙が残っていないみたいに。ザックは父親に体を支えられていた。さらに体重が減り、蒼白な顔に悲嘆の表情をありありと浮かべている。アガサは変装していなくてもオフィスの女の子に気づかれるのではないかと心配で、大きな帽子とサングラスをかけていった。来なければよかった、と思った。

カイリーは母親が信じていたように天使みたいな子ではなかったかもしれないが、まだ若くてきれいだった。こんな晴れた日に温かい土の中で眠るにはあまりにも早すぎる。

誰の犯行か探りださなくては、とアガサは決意した。だけど、どうやって？

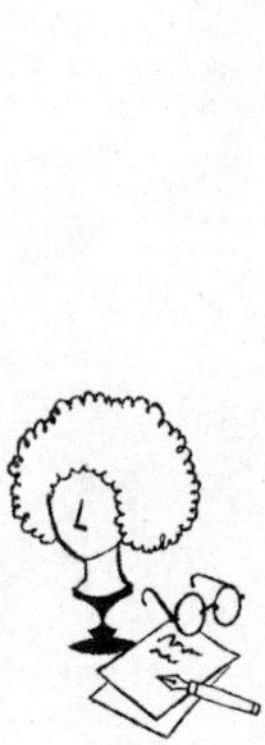

9

アガサは家に帰ると、コンピュータに保存したメモを調べてみた。そしてボズウェルがキーボードに飛び乗ろうとしたのを、かろうじて宙でつかまえた。暴れる猫を庭に連れていくと、そのあとをホッジもついてきた。「そこにいなさい」アガサは命じた。二匹は芝生に並んですわり、アガサがとんでもないことをしでかしたと言わんばかりの責めるような目つきで見つめている。アガサはドアを閉めると、コンピュータに戻った。

まとめたメモをプリントアウトすると、紙の束を持ってキッチンに行った。コーヒーを淹れて、煙草に火をつける。ため息が出た。相変わらず焦げたゴムの味がする。灰皿で燃えるままにしたが、使用済みタイヤのゴミ捨て場でくすぶっているタイヤみたいな臭いがキッチンに充満した。もうひとつため息をついてもみ消した。キッチンのドアを開けて、空気を入れ換えた。「もう入ってきてもいいわよ」猫たちに声をかけた。二匹は彼女にさっと背を向け、庭の向こうにぶらぶら歩いていってしまった。

アガサは肩をすくめると、メモに戻った。さて、何か見落としていることがないだろうか？

メアリ・ウェブスターがたしか何か言っていた。どこにメモしたっけ？　やっと見つかった。メアリはカイリーがトイレでマリファナを吸っているところに遭遇した、と話していたのだ。現在、マリファナは違法薬物だから、それがほしければ違法な供給元のところに行かねばならず、違法な供給元はたいていもっと強いドラッグを勧めてくるものだ。どうしてこれを見逃してしまったのだろう？　さらに、別の何かも頭のどこかにひっかかっていた。

目を閉じて、洪水のとき橋から見下ろした光景を思い出そうとした。カイリーが浮かんでいる。髪の毛が水中に広がり、白いウェディングドレスが屍衣《しい》のようで、こわばった手にブーケを握りしめていた。アガサははっと目を開けた。ブーケ！　そう、彼女はウェディングドレスを誰かに見せに行ったのかもしれない。だけど、ブーケ！　時計を見た。フリーダは自宅にいるだろう。きっと葬儀のためにお休みをとったはずだ。

アガサはフリーダに電話して、彼女が受話器をとるとたずねた。

「フリーダ、カイリーは発見されたときウェディングブーケを握りしめていたんです。どうやって手に入れたのかしら？　家に置いてあったの？」

「いいえ、警察にも訊かれました。ブーケは市場の隣の花屋に注文しておいたんです。赤いバラとユリにクジャクシダをあしらう予定でした。とうとう取りに行けなかったし、だいたいまだ作ってもいなかったんです。結婚式の日の朝に届けてくれることになっていたので」

「で、ブーケはカイリーが選んだんですか？」

「いいえ、ちがいます。結婚式の手配はわたしとテリーに任せていました。テリーが結婚式の費用を払ってくれましたが、わたしはウェディングドレスとブーケとブライズメイドのドレス代をもつつもりでした」

「誰がブライズメイドだったんですか？　オフィスの女の子？」

「いいえ、アイリスと兄のフランクの娘ルビーがつとめることになってました。それからアイリスの娘のヘイリーはフラワーガールになる予定でした」

「カイリーはドレスを嫌がったように、ブーケも気に入らなかったのかしら？」

「実はそうなんです。白いバラがよかった、って文句を言ってました」

「警察はブーケがどんなふうだったか言ってました？」

「いいえ、とうとう見つからなかったんですよ。手から離れて流されたにちがいありません。大量のがらくたやあふれた水が家や店や地下室に流れこんだので、どこに行ってしまったかわからない、と言ってたわ」

アガサは必死に記憶をたどった。流されていくカイリーはあのブーケをしっかりつかんでいた。水が渦巻いていたので、どんなブーケかははっきりわからなかった。ただ、白いバラが入っていたのはまちがいない、とアガサは思った。

「カイリーはあなたの選んだブーケが気に入らない、と誰かに話したと思いますか？」

「あの子はブーケとドレスのことで不満たらたらでした。ふだんは娘の言うなりになるんですが、今回はちがいました。お話ししたように、新しいドレスを買う余裕はないし、そうする必要もないと思ったんです。アイリスのドレスは美しいし、新品同様でした。ブーケの方は注文を変更できたんですけど、実を言うと、カイリーが結婚式の準備にまったく興味を示さなくて腹を立てていたものですから、よけい頑固になって、一切変更はするつもりはないと言ってしまったんです」フリーダはすすり泣きはじめた。「生きていてくれたら、な、何だってあの子の望みどおりにしたのに」

アガサは慰めようとしたが、フリーダは気持ちが混乱していて、これ以上話すのは無理だと言った。電話を切ると、アガサはニコチンの代わりに爪を噛みながらすわりこんだ。あの花。あれがカイリーの遺体といっしょに冷凍庫に入っていたら、霜枯れして真っ黒になっていただろう。となると、何者かが川に遺体を放りこむ前に、死んだ娘の凍った冷たい手にわざわざブーケを握らせたのだ。アガサは身震いした。ブーケを握らせるというぞっとする仕上げには、どこかとても邪悪なものが感じられる。憎悪からやったにちがいない。

もう一度フリーダに電話して、ブーケにまつわる口論について警察に話したかどうかたずねたかった。白いバラのブーケを誰かが注文していないか、警察はすべての花屋を調べたのだろうか？

そのときふと気づいた。堂々と警察に電話すればいいんじゃない？ 変装して質問して回り、ブーケについて探りだしたわけではない。ウスター警察に電話して、ブラッジ警部につないでもらった。彼はアガサの話をじっくり聞いてから、こう言った。

「彼女の手には棘《とげ》でひっかかれたような小さな傷がありました。ありがとう、ミセス・レーズン。調べてみます」

アガサはほっとしながら受話器を置いた。警察なら花屋を広範囲に調べる人手がある。

またメモに戻った。カイリーは女の子の一人と親しかったにちがいない。その女の子が、ヘン・パーティーが終わって家に帰ったあとでドレスを持ってきて、と提案したら？　アガサは椅子にもたれて眉根を寄せた。結婚のプレゼント。それについてはまったくたずねなかった。女の子の一人がみんなよりも高価なプレゼントをあげていたら、特別に仲がよかったという証拠になるのでは？

またフリーダに電話するのは気が進まなかったが、好奇心に負けて電話をかけた。

「何度もわずらわせるのは申し訳ないんですけど、結婚のプレゼントはどうなりました？」

「すべてお返ししました」フリーダは疲れた声で言った。

「オフィスの女の子たちが何をくれたか、覚えていませんか？」

「合同でティーセットをくれました」

「それだけですか？」

「リストを作りました。まだありますから、ちょっと待ってください」

アガサはそわそわしながら待った。フリーダが電話口に戻ってきた。

「見つけました。あら、ジョアンナ・フィールドが――かわいそうなジョアンナ、まだ警察は彼女を見つけてないんですよ――合同でティーセットをくれたうえに、香水をプレゼントしてくれました。それにマリリン・ジョッシュはTバックの露出度の高い水着をくれました。そうそう、カイリーがこう言っていたのを覚えてるわ。『あの子、あたしのことをあばずれだと思っているにちがいないわね』それだけです」

受話器を置いてから、アガサはマリリン・ジョッシュについてメモを読み直した。マリリンはハリー・マッコイの部屋の上に住んでいて、アガサがひき逃げされそうになったあの晩、家の外にアガサが立っているのを見ることができただろう。しかし、マリリンにはカイリーにヘロインを打ち、冷凍庫に遺体を入れる手段がない。それとも、ジョアンナが事件に関わっていて、警察に見つからない場所に逃亡したのだろうか？

ドアベルが鳴った。アガサがドアを開くと、ミセス・ブロクスビーが立っていた。

「コッツウォルズの古い写真展のことは忘れていないわよね？」彼女は心配そうにたずねた。

「忘れていたわ」アガサは申し訳なさそうに言った。

「明日の午後三時よ。お茶とサンドウィッチとケーキを出してくだされればいいだけだから」

「ええ、了解よ。忘れずに行くわ。スライドなの？」

「いいえ、額入り写真を壁じゅうに飾るの。気楽な楽しい午後になりそうね」

「楽しめる人もいるかもしれないけど」アガサはつぶやいた。「よかったら入って。コーヒーを淹れるわ」

「これから用事があるから。ジョンは戻った？　車が停まっていないけど」

「わたしは知らないし、どうでもいいわ」アガサはぎこちなく答えた。

「まあ、ミセス・レーズン！」

「ミセス・レーズンが何だって言うの？」しかし、牧師の妻はすでに足早に立ち去っていた。

アガサはメールをチェックすることにした。マリア・ヘルナンデスから一通来ていた。

「八月にまたロビンソン・クルーソー島に行くことにしたので、あなたもいっしょにいらっしゃいませんか？　向こうではとても楽しく過ごせたので、あなたにとって癒やしの場所になるんじゃないかと思います。いらっしゃるなら、ご連絡ください」

アガサはサンティアゴまでの長いフライトと小さなプロペラ機で島までさらに三時間も飛ぶことを考えた。彼女は躊躇した。彼女はこう返信した。「今回は行けそうもありません。たぶん来年にでも」彼女は躊躇した。マリアに調査中の事件について話すべきかしら？しかし、あまりにも込み入っているので、メールを書くのにすごく時間がかかるだろう。そこで典型的なイギリス人らしく天候について数行書き加えると、メールを送信した。

ドアベルがまた鳴った。ビル・ウォンだった。アガサは喜んで彼を招き入れると、ブラッジ警部にブーケの件で電話したことを話した。

「お手柄ですよ」ビルは言った。「ついさっきウスターの友人から、ブーケについて聞き込みをしていると聞きました。でも、橋にあなたといっしょにいた人々はカイリーを見つけてショックを受け、ブーケが新しかったかどうかまで気づかなかったようです。他には何かありますか？」

「カイリーがマリファナを吸っているところにメアリ・ウェブスターが行きあわせたという話はしたわよね？」

「いや、してないと思います。それは興味深いな。マリファナをやっていたんなら、もっと強いドラッグも経験していたかもしれない。カイリーはどこで手に入れたのか、メアリに話したんでしょうか？」

「いいえ。というか、それを訊くのを忘れちゃったの」

「それから、ジョアンナ・フィールドがまだ行方不明だと聞きましたよ」

「ねえ、ビル、ジョアンナは事件に関わりがあったんじゃないかしら。警察の捜査の手が伸びると考えて、行方をくらまそうとしたのかもしれない」

「それだったらいいんですけど。しかし、高飛びするのに、服を一枚も持っていかないでしょうかね？　口座には少ししかお金がなかったし、それも引き出されていない。ジョン・アーミテージはどうしてますか？」

アガサはビルを凝視した。「それで思いついたわ。もしかしたらって」

「何ですか？」

「彼はジョアンナにお熱だったけど、彼女がバーリントンと寝ていたのを知った。ねえ、寝ているって、ひどい婉曲語法よね。ともかく、そのあとジョンは逃げだした。だけど、彼は本気でジョアンナを気に入っていたとしたら？　彼女がお涙ちょうだいの物語を聞かせ、すべてから逃げたいって頼んだら？」

「ジョン・アーミテージは出発する前に行き先をウスター警察に告げていると思いますよ。だけど、電話して確認してみましょう。ねえ、犯人がザックじゃなくて残念ですね。たいてい、配偶者か恋人が犯人なんですが」

「だけど、ザックはひどく憔悴していたわ。それに、彼の動機は何なの？」

「ディスコにドラッグが置いてあるなら、カイリーはそれを見つけて警察に通報するって脅したのかもしれない。それが動機になりますよ。でも、ディスコも捜索され、ドラッグはまったく見つからなかった。女の子のうちの一人の嫉妬という線が強いかもしれませんね。しかし、彼女たちの誰がそこまでやるでしょうかね？　誰があなたを殺そうとし、さらにミセス・アンストルザー＝ジョーンズをひき逃げするのに成功したんでしょう？」

アガサは煙草に火をつけ、ひと口吸うと、顔をしかめて消した。

「わからないわ、ビル。五里霧中よ」

ビルはにっこりした。「リラックスして、アガサ。あなたは最善を尽くしたんです。今頃、警察は花屋を徹底的に洗っているでしょう。いい情報でしたよ。あとは警察に任せましょう」

アガサは庭に戻って、また雑草をむしり始めた。天候はむっとするほど暖かくなっていた。芝草が十センチぐらい伸びているのに気づいた。またもや庭師に電話しようかと思ったが、何か時間をつぶすことがある方がいいと思い直した。自分でできるのに、他人にお金を支払うことはない。

庭の端の物置小屋から芝刈り機をとりだしてくると、コードをキッチンまで引っ張ってきてコンセントに差しこんだ。

庭に戻ると芝刈り機のスイッチを入れ、日差しの中で行ったり来たりしながら楽しげに芝生を刈っていった。これから新しいアガサ・レーズンに生まれ変わるのよ、と空想の世界に浸った。自分自身をあまり好きになれない人間が、新しい自分を創造しようとするときによくやるように。ミセス・ブロクスビーから料理とパンやケーキの焼き方を習おう。模範的な村人になるのよ。教会のために寄付金を集めよう。そこに憂鬱な考えが入りこんできた。そう、非の打ち所のない田舎の婦人になれば、葬儀のときはすすり泣く村人で教会があふれるだろう。牧師のアルフは涙に暮れながら、自分も村も、アガサがいなくてはこれからどうしたらいいのかわからない、と満員の会衆に言うだろう。もしかしたらジェームズ・レイシーも来て、墓前でうなだれるかもしれない。そしてこう言う。「生涯をかけて彼女を愛していたから、それを告げるために戻ってきた。だが、遅すぎた」頰を一粒の涙が流れ落ち、アガサはそれを腹立たしげにこすった。

芝刈りが終わり、刈った草はごみ袋に詰めこんだ。アガサは家の中に戻ると、〝虫の死骸〟と命名されているとびきりきついピラティスのエクササイズをすることにした。仰向けに寝て、痛くなるまで両脚と両腕を交互に伸ばすものだ。

さて、お次は？　ショッピング？　でもどこに？　ストウ・オン・ザ・ウォルドとチッピング・カムデンは観光客だらけだ。イヴシャムの町は好きだったが、しゃれたブティックはなかった。

ドアベルが甲高く鳴った。これで気が紛れると、ほっとしながら飛んで行ってドアを開けると、サー・チャールズ・フレイスが立っていた。なぜかしら以前のスリムできちんとした身だしなみのチャールズに戻っていたが、髪の毛はやはり薄いままだった。「帰って」アガサはドスのきいた声で言った。

彼は片足をドアの隙間に突っ込んだ。「肩を貸してほしいんだ、泣きたいから」

アガサはためらったが、ドアを大きく開けた。

「どうぞ。ただし手短にね。出かけるところだから」

チャールズはアガサについてキッチンに入ってきた。「コーヒーを淹れるから、カップを持って庭に行きましょう。すばらしいお天気よ。長居して、それをだいなしにしないでね」

「わかったよ」チャールズは暗い声で答えた。

アガサはインスタントコーヒーのマグカップをふたつ手にして庭に出ていくと、日差しの当たるテーブルにすわった。

「それで何があったの？」アガサはたずねた。

「彼女に捨てられたんだ」

「まあ！　奥さんに？　フランス女性でしょ？　どうして？」

「信じられるかい、アギー、わたしがケチだからって言うんだ。彼女はパリに行ってしまった。もう二度とわたしとは会いたくないそうだ」

「でも、あなたはいつも締まり屋だもの、チャールズ。レストランでお勘定を払う段になると、いつも財布を忘れるじゃないの」

「節約家なんだよ」チャールズは言い訳した。「だいたい、彼女はお金をたんまり持っているんだ。だけど、どうして自分のお金を使わなくちゃならないかわからないらしい」

「あなたたち、似た者同士みたいね」アガサは辛口のコメントをした。おなかがぐうっと鳴った。「おなかがすいたわ」

「じゃあ、わたしの性格が変わったことを証明するよ。ディナーに連れていこう。何がいい？」

一瞬、肘鉄砲を食わせるべきだと思った。これまでさんざん失礼な真似をしてきたのだ。しかし、そもそもチャールズに礼儀正しさを期待する方が無理だろう。

「あら、いいわね。中華の気分かしら。イヴシャムにおいしいレストランがあるの。

ちょっと着替えてくるわ」

「で、あなたはどうしていたんだい?」チャールズは薄餅《ポーピン》に包んだ北京ダックをせっせと食べながらたずねた。

「奇妙な事件があったの。イヴシャムの川で遺体で発見された女の子の記事を読んだ?」

「何かで見たな。話して。なんだか昔に戻ったみたいだね」

ええ、そうね、とアガサは思った。ジェームズが今にもドアから入ってくるのではないかと思ったほどだ。ジェームズは彼女がチャールズといるときに限って現れる習性があった。

アガサはエステサロンでカイリーと会ったことから話しはじめた。チャールズは最後まで熱心に耳を傾けていた。

「なんてややこしい事件なんだ!」アガサがようやく黙りこむと、チャールズは叫んだ。「このマリリン・ジョッシュにもっと注目するべきだと思うよ。彼女はハリー・マッコイと同じ建物に住んでいるんだろ。何者かがあなたを見かけて殺そうとしたか、殺人者に連絡してあなたの居場所を教えたんだ。カイリーはバーリントンを恐喝していたんだし、もしかしたら別の人間も恐喝していたかもしれないぞ」

「だけど、誰を？　わたしたちの知らない人？」

「それにこのジョアンナ・フィールドだけど、近所の人間は何も見ていないのかい？」

「近所に誰か住んでいるのかどうか。ジョアンナはポート・ストリートの商店の二階に住んでいるの。でも、あのあたりは大半の家が浸水して、保険金がおりるまでそのまま放置されているのよ。保険申請は大量にあるでしょうし、いつまでかかるかわからないわ。ともかく、警察は可能な相手にはすべて話を聞いているでしょうね。何か恐ろしいことが彼女の身に起きたんじゃないかっていう気がしてきたわ」

「そうとも限らないよ。バーリントンのことで警察に尋問されると知って、たんに逃げだしたくなっただけかも」

「服もお金も持たずに？」

「ものすごく怯えていたのかもしれない」

「最後に会ったときは怯えているように見えなかったわ。怒ってて生意気で高飛車だったけど、怯えてはいなかった」

「ドラッグ取引について考えてみよう。それだと悪質さと組織が必要だ」

「そうなると、またディスコに戻るけど、あそこでドラッグが取引された記録は一切ないのよ」

「ディスコとは限らないよ。バーリントンの家は？　バーリントン自身がちょっとうさんくさいやつだし、あなたが話してくれた用心棒のジョージはどうかな、受付を担当していたっていう？」

「本気なの、チャールズ？　配管業でドラッグ取引？」

「どんな可能性だってあるよ。バーリントンの家には大型冷凍庫はあるかな？」

「ないんじゃないかしら。ともかく、恐喝の件が明るみに出たあと、警察は自宅を徹底的に捜索したでしょう。わたしはフィリスだといいなと思ってるの」

「どうして？」

「ナルシストのわがまま女なの。猛烈に嫉妬心が強くて、カイリーを憎んでいた。下層階級の出だと思うわ」

「彼女がドラッグをやっている気配は？」

「気づいた限りではないけど、腕をむきだしにしていて針跡が見えるとかじゃないとわからないわ」

「ねえ、今夜は泊まっていって、明日、あなたといっしょにこの連中に話を聞きに行くっていうのはどうかな？」

「だめよ、チャールズ。明日は村の写真展でお茶を出さなくちゃならないの」アガサはためらった。ひょうきん者のチャールズにいつまでも腹を立てているのはむずかしかった。それに、昔みたいにチャールズと事件について話し合っていると、なぜかジェームズ・レイシーとつながっている気がした。「じゃあ、こうしない？　月曜日にまた訪ねてきて。そうしたら、いっしょに話を聞いて回りましょう」

「いいね。午前中に来るようにするよ」

「結婚の方はどうするつもりなの？」

「どうするとは？」

「仲直りしようとしないの？　パリに飛んで行くとか？」

「むだだよ。わたしが相手にしなくてはならないのは妻だけじゃないんだ。父親、母親、二人の兄弟、何人もの伯父伯母、全員がフランス語でわたしを罵るんだよ」

「だけど、チャールズ、双子が生まれるんでしょ！」

チャールズの顔がかすかに赤く染まった。アガサは驚いてまじまじと見つめた。

「あら、赤面している！　あなたにそんなことができるなんて思ってもみなかったわ」

「実を言うと」ワイングラスのステムを回しながら言った。「わたしは巧みに罠にはめられたんだよ」

「どういうこと?」

「サントロペで休暇を過ごしているときに彼女と出会ったんだ。彼女は親戚たち、友人、家族に厳しく監視されていた。だけど、彼女は、その、とってもきれいだったんだ。向こうから誘いをかけてこなかったら、こっちも行動を起こさなかっただろう。レストランでずっとわたしをチラチラ見ては、思わせぶりな合図を送ってきたんだ。わかるだろ。ある日、一人きりだったので、わたしは彼女のテーブルで足を止めて、滞在を楽しんでいるかと声をかけた。彼女はどうぞすわって、と言い、二人でさんざんおしゃべりして笑い合った。そのとき両親がレストランに入ってくるのを見て、どこに泊まっているのかと彼女は早口でたずねた。ホテルの名前を告げると、真夜中にロビーで会いたいとささやいたんだ。そして、そのとおりやって来て、その夜をいっしょに過ごした。彼女はピルを飲んでいると言ったし、わたしの方も避妊具を持っていなかった。正直に言うと、それが必要になるとは思わなかったのでね。それっきり彼女に会わなかったし、なかなか刺激的な一夜のお遊びだと割り切っていた。まあね、住所と電話番号は教えたよ。

ひと月後、パリからヒステリックな電話がかかってきて、生理が遅れている、ピルを飲んでいるというのは嘘だった、と言ってきたんだよ。だから妊娠しているかどうかちゃんと調べて、また結果を教えてくれ、と答えた。すると翌日に電話してきて、たしかに妊娠していると判明したと言うので、きちんとした行動をとることにした。それに一族は金持ちだし、彼女はきれいだし、父親になれるチャンスだしね。向こうに行き、家族に会い、プロポーズした。ただ、弁護士やら婚姻継承財産設定やらに気後れして、結婚式の前に、妊娠しているのは本当なのかと念を押すと、うっすらと笑って、双子が生まれるって言ったんだ。

それで決まりさ。子どもたちに釣りとか乗馬とか、父親らしいことを教えている自分の姿が目に浮かんだ。そこで結婚式の準備にとりかかった。今になって考えてみると、わたしは自分のことをさんざん話したが、彼女は過去についてほとんど話してくれなかったんだ。ともあれ、結婚するときには妊娠四カ月ぐらいになるはずだったのに、妊娠しているようにはまるで見えなかった。でも、サラダダイエットをしていたし、あまり太りたくないからと言っていた。

というわけで結婚して妻をウォリックシャーに連れて帰ったんだが、そこで彼女はすっかり退屈してしまったんだ。まったく妊娠の兆候が見えない、とうるさく言いはじめたのは叔母なんだ。叔母は覚えてるだろう？　わたしも疑いを抱きはじめ、ロンドンの産婦人科医に予約を入れると、健診を受けてすべて順調か診てもらうべきだ、と言った。するとあなたはケチだ、こんな田舎に埋もれて暮らすとは思わなかった、と彼女は興奮してわめき散らしはじめた。だからこっちは、妊娠なんてしてなかったのに妊娠したとだましたな、と非難した。

自分ではてっきり妊娠したと思っていたんだ、と彼女はふてくされて言い訳した。じゃあ、双子って何なんだ？　と追及すると、医者がまちがったにちがいないと言いだす始末さ。彼女はパリに戻って離婚を申し立てる、と言うから、そっちがすべての責任を負うなら、離婚してもいい、と答えた。ああ、彼女が本当はどういう女か、まったく見抜けなかったんだよ。だいたい、妊娠していると言ったことはどこにも記録されてない、と彼女は指摘した。たしかにそのとおりだった！　両親には言うなと彼女にきつく言われていたので、まだ話もしていなかったんだ。結婚式のあとでそろそろ話そうとしたが、彼女は『だめだめ。ママもパパもショックを受けるわ』と反対した。そして、腹立たしいことに、わたしはそれにおとなしく従ったんだよ！

最初に抱いたとき、もちろん彼女はバージンじゃなかった。わたしは身動きがとれなくなった。グスタフがいてくれなかったら、さらにまずいことになっていただろうね」

「彼、戻ってきたのね？」アガサはチャールズの威圧的な執事のことを思い出した。

「ああ、グスタフは目新しい仕掛けが大好きなんだ。わたしはしょっちゅう約束を忘れるんだ。人が電話してきて招待してくれた約束やディナーやなんやかやをね。だから、グスタフは電話につけて録音する、なんとかっていう仕掛けを買ったんだよ。彼がテープを巻き戻すと、なんとうれしいことに、妊娠していると思うって彼女が言ってきたときと、医者に行って確認した、っていう二本の通話が録音されていたんだよ。

というわけで、今はわたしの弁護士がそれに対処しているし、わたしは彼女だろうが誰だろうが、フランスから来た人間とは二度と会うつもりはないよ」

「どうしてあなたを誘ったの?」

「そこがおもしろいところでね」

「すでに、この話は相当におもしろいと思うけど」アガサは意見を言った。

「昔の学校の友だちでブーフィー・プラット＝ロジャーズっていうやつがパリのイギリス大使館で働いていて最重要情報をつかんだんだ。妻のアンヌ＝マリー・デュシェンヌはどこかのフランスの伯爵と燃えるような恋に落ちたんだ。二人は婚約したものの、名前は覚えていないが、この伯爵が最後の最後で心変わりして、別の女性と結婚してしまうんだ。アンヌ＝マリーは絶望し、怒り狂い、『彼に思い知らせてやる』と心に決める。家族が静養のために彼女をサントロペに連れていくと、わたしがイギリス人の金持ち貴族だという情報が入る。もちろんただの准男爵だけど、カエルを食べるようなやつらにはちがいなんてわからないだろ?」チャールズは外国人に対する嫌みをたっぷりこめて言った。

「ミセス・ブロクスビーなら、何年も遊び回っていたことで神さまが罰を下したのね、と言うでしょうね」アガサは言った。

「ミセス・ブロクスビーはそんな意地悪なことを言わないよ。そろそろ行こうか?」

「あなたがお勘定を払ったらね」

チャールズはレストランから少し先のハイ・ストリートに車を停めていた。アガサは彼と並んで車まで歩いていたときに、いきなりマリリン・ジョッシュが目の前にいることに気づいた。すばやく顔をうつむけ、小走りに車まで行った。チャールズ、急いでドアを開けて、とキーを探しているチャールズに心の中で念じた。助手席に滑りこむ直前に振り返ると、マリリンが立ち止まって彼女の方を見つめていた。

「何か落としたのかい?」アガサがかがんでいると、チャールズがたずねた。

「いいえ、マリリン・ジョッシュがハイ・ストリートにいたの。車に乗る直前に。じろじろわたしを見ていた。車に乗りこむときに振り返ったら、ハイ・ストリートに立ち止まってまだ見ていたわ」

「彼女に取材するときは変装をしていたのかと思った」

「ええ、ブロンドのウィッグと眼鏡で。まるっきり別人に見えたはずよ」

「もしかして今着ている服をそのときにも着ていなかった？」

アガサはビスケット色のパンツスーツを見下ろした。「しまった、最後に彼女に会ったときに、これを着てたわ」

「しょうがないよ。どこかで見た人だと思ったんだよ。でも、正体ははっきりわからなかっただろう」

「そう祈りましょう」アガサは言った。

チャールズが帰り、寝る支度をしていると電話が鳴った。ビル・ウォンからだった。

「すごく奇妙なことがあったんです、アガサ。ドラッグでハイになっている二人の若者を逮捕したんです。ミルセスターである女性に車でまっすぐ突っ込んでいって、震えあがらせたんですよ。彼女はあわやのところで飛び退《の》き、車の外見とナンバーを教えてくれました。鋼の神経を持つタフな女性です。おかげで二人を逮捕できた。車は盗難車だった。二人はその件とドラッグ所持の罪で起訴されました。これからウスター警察がこの事件に介入してくるかもしれません。ミセス・アンストルザー＝ジョーンズを殺した犯人かどうか調べたいと言っているんです。そいつらがあなたを撥ねそうになった犯人かもしれませんよ」

「ブラッジ警部にはわたしのことを伏せておいて」アガサは頼んだ。

「今となってはもう話せませんよ。それに、もっと啞然とすることがあるんです。連中は怖がらせるためにやっただけだ、と主張しているんですよ。すべてただの冗談で、ぎりぎりのところでブレーキを踏むんだそうです。こういう例が他にもいくつか報告されています。やつらから話を聞きだし、他に盗まれた車を見つけたら鑑識で何か発見できるかもしれません。あなたがひき逃げされかけたのは、この馬鹿なやつらがゲームをしていただけなのかもしれない」

「ミセス・アンストルザー＝ジョーンズの場合はどうなの？」

「やつらが犯人だったら、冗談が深刻な結果になったんでしょう。また報告します」

電話を切ると、アガサはその二人が犯人であることを祈った。しかし、眠りに落ちる寸前にマリリン・ジョッシュの顔が目に浮かび、正体がばれていませんように、と願った。

翌日はムシムシして暑かった。太陽はうっすらと雲に覆われているが、風がまったくないので、木々の葉はそよぎもしなかった。熱いお茶とコーヒーの沸かし器を前にカウンターの前に立っているには辛い日よね、とアガサは心の中でぼやいた。

アガサはゆったりした夏服を着て講堂に行った。講堂の裏手には、テーブルと椅子が並べられ、急ごしらえのティールームになっている。架台式テーブルに手作りのケーキやサンドウィッチ、それにお茶とコーヒーの沸かし器が並べられていた。

三時になった。アガサは暑さの中でそわそわしていた。講堂にはほとんど入ってくる人がいない。学校の講堂はほこりとチョークの臭いがして、日差しの中でほこりが舞っている。

講堂の戸口でチケットを売っていたミセス・ブロクスビーがミス・シムズに交替してもらって、アガサのところにやって来た。「がっかりだわ。かわいそうなミスター・パリー。ほら、あそこにいるわ」

アガサは背中の曲がった年配の紳士が写真の前に立っているのを見た。

「どういう人なの？」

「古い写真の持ち主よ。なんて残念なのかしら。もっとたくさんの人が興味を持ってくれると思ったのに」

「ここにいて」アガサは言った。「一時間で満員にしてみせるわ」

彼女は戸棚に歩いていった。そこにフィンガーペインティング用の道具がしまってあるのを知っていた。いつだったか、幼稚園の先生が医者にかかるあいだクラスを監督していてほしい、とミセス・ブロクスビーに頼まれたことがあり、そのときに利用したのだ。大きな四角いボール紙をとりだすと、「お茶、自家製ケーキ無料。講堂にて。どなたでも歓迎」と書いた。車に乗りこむと大通りまで運転していき、ボール紙を木に留めた。それから講堂に戻った。

「お茶やケーキは無料で配ることにしましょう」アガサはミセス・ブロクスビーに言った。「あわてないで。その分はわたしが補塡するから」

「なんて気前がいいお申し出なの。本当に大丈夫？」

「わたしは太っ腹なの」アガサは肩をすくめた。「この蒸し暑さを吹き飛ばすためなら、なんだってするわ」

車がぞくぞくと到着し、さらにバスにぎっしり乗った人々までやって来た。ミセス・ブロクスビーはまた戸口に立ち、愛想のいい声で言っている。

「入場料はたった二ポンドです。でもアフタヌーンティー代も含まれてますよ」

アガサはにやっとした。牧師の妻は入場料を二十ペンスから値上げしたようだ。そのあとはお茶を出すのに大忙しになり、ケーキもサンドウィッチもすべてなくなった。

ミスター・パリーは来場者に写真展を案内して、幸せな時間を過ごした。

「そろそろ引き揚げてもいいわよ、ミセス・レーズン」ミセス・ブロクスビーが笑顔で言った。「後片付けは婦人会の女性たちとわたしでやるから」

「ありがとう」アガサはほっとした。「すごく暑かったから汗でべたついてるわ。お風呂に入らなくちゃ」

「そうそう、帰る前に、ミスター・パリーがあなたに写真を見せたいんですって。ずっと忙しく働いていたから、見る時間がなかっただろうっておっしゃっているの」

「見ないとだめ？」

「喜んで、と答えてしまったわ」

「んもう！」

アガサはミスター・パリーのところに行った。

「ああ、ミセス・レーズン」彼は叫んだ。「こいつから始めるかね？　こいつはブロックリー・ハイスクールの一九一〇年頃の写真でな。で、こいつは……」

暑さのせいでアガサは頭がぼうっとしてきた。ようやく写真ツアーは終わった。

「ありがとうございました」アガサは礼を言った。

「全部は展示しなかったんだよ」彼は言った。「フォルダーに入れておいたものはシミになったりひび割れてしまってな。だが、どれもとても興味深いものばかりだ」

彼は椅子からフォルダーをとりあげて開くと、中身をテーブルに並べたので、アガサはぞっとした。「約束があるんです」早口で言った。「そろそろ行かないと」

ミスター・パリーはがっかりしたようにアガサを見た。

「展示された写真に劣らず、どれもさぞ魅力的でしょうね、でも……」アガサは言葉を切った。

開いたフォルダーのいちばん上に、セピア色の通りの写真があり、どことなく見覚えがある。二枚目を見て、ディスコが建っている裏側の道だと気づいた。しかし、現在のディスコが建っている場所には精肉店があり、店主はフックから狩りの獲物をぶらさげ、満面の笑みをたたえて店の前に立っていた。

「精肉店」アガサはつぶやいた。

ミスター・パリーは不思議そうにアガサを見た。

「ああ、そうとも。今じゃ古い精肉店はほとんど残っとらんよ。みんなスーパーに行くからな。それはグリンジの店だよ。いやはや、古い写真だが、五年前まで店がそこにあったんだ。売り払っちまったがね。そこを買った男はアパート二室に改造する予定だったが、破産してディスコの連中に売ったんだ。まったく恥知らずなこった」

アガサは彼の「残りを見とらんよ！」という叫びにも耳を貸さず、ふらふらと歩きだした。

精肉店。アパートにするために買った男はどの程度まで改装したのだろう？　もし何も手を入れていなかったら、ディスコは精肉店だった当時のままかもしれない。すなわち、ウォークインタイプの大型冷凍庫がまだどこかにあるということだ。

「ミセス・レーズン！」

アガサはしぶしぶ振り返った。ミセス・ブロクスビーだった。

「あなたが急におかしな態度になったって、ミスター・パリーから聞いたの」

「大丈夫よ。写真のせいなの、ミセス・ブロクスビー。今ディスコがある場所に、かつて精肉店があったの。つまり、まだ大型冷凍庫があるかもしれないってことよ」

「だけど、警察はディスコを捜索したんでしょ！」

「警察が探していたのは棚式の冷凍庫だわ」アガサは興奮した口調で言った。「冷凍室がまだあるとしたら？　カーテンとか偽の壁の裏側に」

「警察に話した方がいいわ」

「グリンジというのが精肉店主の名前なの。店を売った精肉店を探しだして、冷凍室の場所がどこだったのか図を描いてもらう。そうしたら明日の夜ディスコに行って、まだ冷凍室があるか調べてみるわ」

「ミセス・レーズン、それは危険すぎるわよ」

「お願い、警察には言わないでね。これはわたしの事件なんだから」アガサは言葉に力をこめた。「約束よ」

「わかったわ」ミセス・ブロクスビーは心ならずも答えた。

家に帰るなり、アガサは電話帳を調べた。グリンジは二人いた。A・グリンジとM・グリンジ。

彼女はA・グリンジに電話した。誰も出ない。そこでM・グリンジを試した。女性が出てきた。アガサは現在ディスコになっている精肉店を経営していた人と話をしたい、と言った。「ああ、それは主人の父親です」

「いつご在宅かわかりますか?」アガサはたずねた。「電話したんですが、いらっしゃらなくて」

「めったに出かけないから、たぶん庭にいますよ」

「バジーにお住まいなんですよね?」

「ええ、家は学校のすぐ近くです。番地はおわかりですか?」

アガサはわかると答え、電話を切った。

すばやくシャワーを浴びて着替えた。バジーに行く前にチャールズに電話して、明日は来なくていいと伝えることにした。栄誉を独り占めしたかったのだ。グスタフが電話に出て、サー・チャールズは留守なので、メッセージを残してほしいと言った。

さあ、ミスター・グリンジのところへ出発だ。

ミスター・グリンジの家はこぎれいな連棟住宅の端にあった。家のわきに裏手の庭に通じる小道を見つけ、まず庭を訪ねてみることにした。

アガサは小道を歩いていった。庭は植物がない風変わりなものだった。キャンバス地の天蓋がついた木製デッキが裏口に張りだしていて、デッキの前には小さな光る小石が敷きつめられている。そこで老人がしゃがんで雑草をむしっていた。

「ミスター・グリンジ？」

彼は腰を伸ばしたが、ちょっとでも緑が顔を出しているのではないかと警戒するように、視線は小石に向けたままだった。「ああ」

「アガサ・レーズンと申します。あなたのやっていらした精肉店について教えていただきたいことがあるんです。今はディスコになっていますが」

老人はゆっくりと振り向き、アガサを見た。顔は皺だらけで、背中は曲がっている。両手を古いフランネルのズボンでこすると、片手を差しだし重々しく握手した。

「何を知りたいんだね？」

「当時のお店の平面図を描いて、どこに冷凍庫とか冷凍室があったのかを教えていただきたいんです」

「なぜ？」

「本を書いているんです」アガサは嘘をついた。「そこにこちらの精肉店を登場させたいんですよ。レイアウトが必要なんです」

「じゃあ、モートンの精肉店にでも行って、案内してもらったらよかろう」

「時代設定は過去なんです」アガサは必死にでまかせを並べた。「昔風の精肉店について知る必要があるんです」

老人はデッキにあるプラスチック製の椅子に囲まれた白いプラスチック製テーブルを手振りで示した。「すわっていてくれ。わしは紙をとってくる」

アガサはすわり、老人はよたよたと家の中に入っていった。ずいぶん長い間、彼は戻ってこなかった。アガサはいらいらしながら待っていた。

ようやく白いＡ４の紙とボールペンを持って戻ってきて、彼女の隣におそろしくゆつくりした動作で腰をおろした。「いいかい、ドアを入っていくとカウンターはここ。冷蔵ケースはガラスで覆わなくちゃならんかった。いまいましいヨーロッパの規則でな！」老人は製図工さながらの緻密さで図を描きはじめた。「カウンターの後ろのドアを抜けると、短い廊下が延びていて、裏に広い場所がある。配達されたものは裏口から運びこまれる。この部屋で肉を切り分けておった。ここがトイレ、こっちは調理場」

「冷凍室は？」アガサはせかした。

「冷凍室はここだ、裏手の広い部屋の突き当たりだ。不便な場所だったが、移動させるには多額の費用がかかったんでね」彼のボールペンは動いていき、几帳面にありとあらゆるものをスケッチしていった。二階の平面図を描くまで、アガサは辛抱強く待った。

「ディスコの連中はあそこを格安で手に入れたんだ」老人は不満そうだった。「全面改装するからと言ってな。わしは精肉店に売りたかったが、最近は精肉店なんてないからね。スーパーマーケットのせいで、ほとんどの精肉店がつぶれちまった。おまけに大腸菌感染の過剰な恐怖にとどめを刺されたよ。政府がいけないんだ。このことをぜひ本に書いとくれよ。政府は精肉店と畜産農家をつぶすのに手を貸したとね。あいつらを撃ち殺してやりたいもんだ。さて、一杯どうかね？」

明日の夜までディスコには行かないし、せめてこの孤独な老人にもう少し時間を割いてあげよう、とアガサは決めた。「それはご親切に」続けてジントニックをお願いしますと言いかけると、老人が言った。「わしはコッツウォルズでいちばんうまいタンポポワインをこしらえとるんじゃ」アガサは覚悟を決めた。

老人はまたよろよろと室内に入っていった。周囲の庭では小鳥が眠たげにさえずっていたが、ミスター・グリンジの草一本ない庭には小鳥はやって来なかった。頭上に夕方の空が広がり、地平線が淡い緑から群青色へと色を深めていく。心のどこかで、おまえは愚かにも命の危険を冒そうとしている、わかったことはすべて警察に言うべきだ、と声がした。

ミスター・グリンジがボトルとグラスをふたつのせたトレイを持って足をひきずりながら戻ってきた。彼はふたつの大きなグラスにタンポポワインを注いだ。「乾杯」彼は言った。アガサはグラスを掲げた。「健康に」

「で、あんたはどういうペンネームで書いとるんだね？」老人がたずねた。

「アガサ・レーズンです」

「聞いたことがないな」

「本はよく読みますか？」

「いや、テレビがあるからな」

「それでわたしの名前を聞いたことがないんですよ」アガサは庭に視線を向けた。

「植物は嫌いなんですか？」

「時間のむだじゃよ。アブラムシやナメクジがつくし、葉っぱがしじゅう落ちて、あたりを汚すからな」

「きれいな花を眺めるためなら苦労する価値があると思う人もいますよ」

「その連中は頭を調べてもらった方がいいな。あんた、結婚しとるのかね？」

「離婚しました」

「お金は持ってるのか？」

「悠々自適に過ごせるぐらいは」

ふいに彼はアガサをいやらしい目つきで眺めた。「あんた、一人で過ごしていいちゃいかんよ。なあ、わしと結婚しよう。掃除や皿洗いに、ほとほとうんざりしとるんだ。そういうのは女の仕事だよ」

「じゃあ、掃除婦を雇えばいいでしょう」

「そのためにわざわざ金を払うのか？　いや、だからあんたが必要なんだよ」

「じゃ、わたしはそろそろ失礼させていただくわ」アガサはきっぱりと言うと、グラスをテーブルに置いた。ワインは甘ったるくて、あとひと口だって飲めそうになかった。

「おい、チャンスを逃すことになるぞ」精肉店の平面図をひったくって家の脇道から出ていくアガサの背中に、老人は叫んだ。「その年で結婚を申し込まれたんだから、幸運と思わんとな」

10

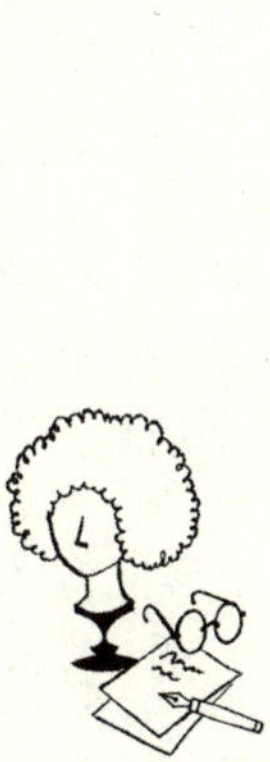

翌日の夜、ちょうどアガサが出かけようとしているところに、ミセス・ブロクスビーが訪ねてきた。牧師の妻は変装しているアガサを気がかりそうに眺めた。

「本当に行くつもり？」

「もちろんよ」落ち着き払って答えた。一日じゅう疑いや恐怖と闘っていたことなど、おくびにも出さなかった。

「命が危険だって忠告しても、決意は変わらないかしらね？」

「何を言われても変わらないわよ。それに、たんに場所を見つけるだけよ――冷凍室があったとしてだけど。そうしたらすぐに店を出て警察に電話するわ」

二人はいっしょに外に出た。「わたしは大丈夫よ」アガサは車に乗りこんだ。

「じゃあ、こうしましょう。真夜中までに戻らなかったら、警察に電話してもかまわないわ」

アガサはマーストウ・グリーンの駐車場に車を停めると、ミスター・グリンジの描いた図をしげしげと眺めた。むずかしくなりそうだった。テリー・ジェンセンは表と裏の部屋のあいだにあった壁を取り壊して、全体をディスコにしていた。ディスコのダンスフロアーは奥まで続いているのだろうか？　それともどこかに隠しドアがあり、奥にスペースが残っているのだろうか？　たぶんそうだろう。配達品は裏口から運ばれてくるはずだ。

アガサは車から降りると、チャールズもいっしょに連れてくればよかったと思った。ひどく孤独な気がした。

用心棒のウェインがディスコの外に立っていた。「またテレビ局よ」アガサはきびきびと言った。「ちょっと雰囲気に浸りたいだけ」

ウェインは脇にどいて彼女を通した。ディスコはこのあいだ来たときよりも静かだった。ダンスフロアーで体を揺らしているカップルも前回よりも少なかったが、音楽は相変わらず大音量でかかっていた。壁沿いを調べていることがわからないように、じきに満員になってくれることを祈った。バーに行くと、テリーがバーテンダーをつとめていた。ちょっとディスコの雰囲気を味わいたくて来ただけだと大声で言うと、ビールを頼んだ。ビールを飲みながら、慎重に見回した。そのときふと思った。どこかにトイレがあるはずよ。トイレは建物の裏側に設置されていそうだ。「お化粧室に行きたいんですけど」アガサはテリーに叫んだ。

彼はバーの脇のドアを開けた。踊っているカップルを描いた壁画の一部になっていたので、アガサはこれまでそこにドアがあることに気づかなかった。彼は顎をしゃくった。アガサはドアを通り抜けていった。「左側だ」彼は叫んだ。

トイレはふたつあった。ひとつは「女性用」もうひとつは「男性用」と記されている。彼がまだ見ているので、アガサは「女性用」のドアを開け、個室のひとつに入った。便座にすわって平面図をとりだし、もう一度じっくり眺めてみた。トイレのドアの上方から明かりがもれているだけで、外は暗かった。当然、テリーもいなくなっているだろう。トイレに行く女性をいちいち見張っていることはできない。

アガサはトイレから出ると、すばやく見回した。ビールの木箱やソフトドリンクのケースが反対側の壁際に積み上げられている。また平面図に目を戻す。冷凍室がまだあるなら、その木箱とケースの裏側のはずだ。すばやく壁から箱をどかしはじめたが、重くて息が切れた。裏の壁は汚いカーテンに覆われていた。作業の手を休めて、裏口を開けてみた。鍵はかかっていない。よかった、何か発見したら、ここから逃げられる。それから中央部分の箱を移動させようとしたとき、すべてが空であることに気づいた。ディスコの音楽で音は聞こえないにちがいないと考え、箱をどんどん後方に投げた。誰かがトイレを使おうとして入ってきたらどうしよう？　しかし危険を冒さないわけにいかなかった。何か言い訳を考えればいい。悲鳴をあげ、ネズミを見た、と言おう。充分なスペースを空けると、カーテンを持ち上げてのぞいた。暗くて何も見えない。ハンドバッグを探ってペンライトを見つけると、スイッチを入れ、壁を照らしだす。

とたんに心臓が早鐘のように打ちはじめた。金属の把手《とって》がついた木製のドアがあったのだ。カーテンの下にもぐりこんで把手をつかむと重いドアを引っ張った。いきなり冷たい空気が吹きつけてきた。アガサは中に入っていった。ドアの内側を探って明かりのスイッチを見つけた。頭上の蛍光灯がパッとついた。

アガサは恐怖の悲鳴をあげた。

頭を奇妙な角度に曲げて床にすわっていたのはジョアンナ・フィールドだった。アガサは片手で口を押さえた。逃げるのよ！　頭の中で声が叫んだ。ここからすぐに出て！　警察に連絡しなさい。ディスコミュージックが耳の奥でズンズンとリズムを刻んでいる。そのとき、ひときわ音が大きくなった。振り向くと、背後でドアが閉まったところだった。

「心配で居ても立ってもいられないの、アルフ」ミセス・ブロクスビーは言った。

「何がだね?」牧師はたずねた。

「アガサ・レーズンのこと」

「ああ、あの馬鹿な女か。今度は何をやらかしたんだ?」

ミセス・ブロクスビーはアガサがディスコに行ったことと、なぜ行ったかを説明した。

「じゃあ、ただちに警察に連絡しなくてはならないな」

「連絡しない、って約束させられたのよ」

ドアベルが鳴った。「彼女かもしれないわ」ミセス・ブロクスビーは急いでドアを開けた。ジョン・アーミテージが立っていた。「ロンドンから戻ってきたところなんです。アガサはどこですか?」

「どうぞ」ミセス・ブロクスビーは勧めた。「あなたにはお話しした方がよさそうね」

彼女はたった今夫に話したことを繰り返した。「警察に言わないと約束したのはあなたですよね」ジョンは言った。「わたしはしていない」

「電話はそちらです」ミセス・ブロクスビーはほっと胸を一安心した。

ジョンはウスター警察に電話して、ブラッジ警部につないでもらうと、早口で説明し、「すぐに現地に警官を向かわせてください。彼女の命が危険です」と言った。ようやく受話器を置いた。「警察はただちにディスコに向かうそうです。わたしも行きます」

「わたしたちもいっしょに行くわ」ミセス・ブロクスビーは警察に任せておくべきだ、という牧師の訴えを無視した。全員が牧師の古いモーリス・マイナーにぎゅう詰めになって乗り込み、イヴシャムをめざした。

「この車はもっとスピードを出せないんですか?」途中でたまりかねたジョンがたずねた。

「馬鹿な女のためにエンジンをだいなしにするつもりはないんでね」牧師は言った。

アガサは手で体を必死にさすりながら、行ったり来たりしていた。なんていう最期かしら！　凍死なんて！　しかもかわいそうなジョアンナ。カイリーのメールに犯行の証拠を見つけ、連中を恐喝しようとしたにちがいないわ。アガサは寒さと絶望のせいで気分が悪くなってきた。もうすぐ死ぬのだ。すべて虚栄心のせい。事件を一人で解決して栄誉を独り占めしたかったのだ。もう二度とジェームズには会えないだろう。

箱が積まれた部屋には棚が置かれていた。凍える指で開けてみると、白い粉の入ったビニール袋があった。では、ここがドラッグの隠し場所だったのだ。カイリーはそれを知っていたにちがいない。これを発見したのだろう。かわいそうなカイリー。かわいそうなジョアンナ。かわいそうなアガサ。

やがて震えが止まると、眠くなりはじめ、逆になんだかぽかぽか暖かくなってきた。すべての服を脱ぎたいという強烈な欲望がわきあがり、必死にそれを抑えつけた。

牧師がディスコの外の歩道に車を停めると、三人は降りた。ぞろぞろとディスコに入ろうとすると、ウェインが制止した。「若者だけだ」彼はけんか腰で言った。

「では、ただちにおまえを老人差別で警察に訴えるぞ」牧師が居丈高に言い返した。ウェインは追いつめられたように牧師を見たが、「警察」という言葉は呪文のような効き目があった。三人はディスコに入っていった。とたんに音楽が鼓膜に襲いかかってきた。カップルたちがダンスをしている。すべて正常に見えたが、アガサの姿はなかった。ジョンは人混みをかきわけてバーに行った。ブロクスビー夫妻がすぐ後ろに続いた。「テレビ局のリサーチャーはどこだ?」彼はたずねた。「テリーはグラスを磨いているところだった。「ちょうど入れ違いだったね」彼は叫んだ。「十分前に帰ったよ」

ジョンはとまどって彼を見た。アガサはオフィスにいるのかもしれない。

振り向いて、アルフに叫んだ。「これからどうしますか?」

「ずっと祈っていたんだ」牧師は落ち着き払って答えた。「じきに警察が来るだろう」

「祈りなんて全然役に立ちませんよ」ジョンが叫んだが、その言葉が口から出たとたん、音楽がいきなり止まり、ディスコはブラッジに率いられた警官であふれかえった。

テリーの顔が土気色になった。ジョンはすばやく考えた。精肉店の時代から残っている冷凍室があるなら、一階のはずだ。

「裏に回ってください」彼はブラッジに言った。「裏に行ける通路があるはずだ」

「そっちはトイレと倉庫で他には何もありませんよ」テリーが言った。

「彼が逃げないように見張っていろ」ブラッジ警部はそう命じてバーのわきのドアを通り抜けた。懐中電灯をとりだして、あたりを照らす。ソフトドリンクのケース、ビールの木箱、それから床。床にかすかに何かをひきずった跡がある。ケースを元通りに押しやったかのように。そのとき、ディスコが捜索されたとき、箱の後ろには古い冷凍室があるが、商品とがらくたで一杯で冷凍装置には電源が入っていなかった、という報告書を読んだことを思い出した。

「その木箱やケースを大至急どかせ」ブラッジは部下に怒鳴った。「そして後ろのカーテンをはずすんだ」

中では、震えているアガサが音楽のかすかな振動が聞こえなくなったことに気づいた。木箱がドアの向こうで移動される音が聞こえてきた。人声がする。彼女がもう生きていないことを確認しに来たのだと思ったので、叫ぼうとはしなかった。ジョアンナは首の骨を折られているように見えた。

アガサは武器がないかと見回した。しかし、何もなかった。

ドアが勢いよく開いたとき、目の前にブラッジ警部が立っていたときのことは決して忘れないだろう。「ああ、なんていい人なの」アガサは叫ぶと、泣き声をあげながら彼の胸に飛びこんでいった。

ブラッジは体を引き離すと怒鳴った。「彼女を救急車で搬送しろ。それからここを捜索するんだ。ああ、これは行方不明の女の子だ！」

アガサはミセス・ブロクスビーに抱きしめられ、牧師のジャケットでくるまれた。

「わたし、馬鹿だったわ」アガサはすすり泣いた。

「さあさあ」ミセス・ブロクスビーが慰めた。「もう終わったのよ」

救急車が到着し、アガサは毛布にくるまれてストレッチャーで運ばれていった。女性警官がいっしょに乗りこんだ。

ミセス・ブロクスビーは乗りこもうとした救急車の運転手をつかまえた。

「彼女、大丈夫ですか？」

「だと思います。中程度の低体温症ですよ」

救急車は走り去った。

アガサはすぐに回復し、二日後にぐっすり眠って目覚めたとき、ブラッジと二人の刑事たちが病室に入ってきた。

「事情聴取ができるぐらい回復しましたか？」ブラッジがたずねた。

アガサはどうして警察に電話しなかったかについてだけ、嘘をついた。途方もない推理だったので、まず自分で確認しようと思ったのだ、と説明した。

とうとう事情聴取は終わり、アガサは言った。「だけど、どうしてなんですか？」

「どうしてとは？」

「カイリーはドラッグについて知ったせいで殺されたんでしょうね。だけど、どうして遺体をそのままにしておいて、暗い夜に運びだして埋めなかったのかしら？」

ブラッジは他の二人に部屋を出ていくように合図すると、ベッド脇の椅子にすわった。「すべて話しても差し支えないでしょ。ザックが白状しましたよ。ザックは本気でカイリーと結婚するつもりでいたし、彼女を愛していた。しかし愚かにも、ドラッグのことをしゃべってしまったんです。これまでザックも父親も前科はなかったが、バーミンガムの大物ギャングの一人がイヴシャムにディスコができることを聞きつけ、テリーにある提案をもちかけてきた。ドラッグをディスコで保管してくれれば、かなり金が稼げるだろうと。ディスコ内で売る必要はない。たんに保管してくれれば、ギャングたちが回収して中部地方の別のどこかで売る、という手筈だった。ザックはカイリーに夢中だったかもしれないが、カイリーはザックを愛していなかったようだ。彼女はこの情報を金脈だと考え、ありとあらゆるものをテリーに要求しはじめた。たとえば結婚したあとでフェラーリがほしいとかね。

テリーはカイリーを消さなくてはならない、と息子に告げた。ザックは愕然としたが、カイリーを始末するか、自分と父親が刑務所で長期刑に服するか、どちらかだった。カイリーはウェディングドレスのことで不満を口にしていたので、ある晩、それを持ってディスコに来るように勧めた。冷凍室のスイッチはずっと切ってあったので、彼女にそこで着替えるようにと言った。ドアのカーテンもめくってあった。カイリーが中に入ると、ドアを閉め、鍵をかけて、冷凍庫を稼働させた。酔っ払っていたせいで、低体温症は急速に進んだ」

「だけど、両手は痣《あざ》だらけじゃなかったんでしょ？　ドアをガンガンたたかなかったの？」アガサが質問した。

「手には傷痕がついていなかった。おそらく二人がふざけているんだと思ったのだろう。気づいたときにはもう遅すぎたんだ。弱ったところで、ヘロインを注射した」

「でもどうして川に流したの、それにブーケのことは？」

「ザックは悲嘆のあまり病気になった。本当に彼女を愛していたんだ。父親が計画していたよりも、ちゃんとした弔いをしてやりたいと思って、バラのブーケを買ってきた――どの店かはまだわかっていないが。ウェディングドレスを着たままの彼女の遺体をどうにか川まで運んでいき、最後の別れにブーケを凍った手に握らせた。嘆きのあまり頭が少しおかしくなっていたにちがいない。というのも洪水による混乱で、彼女も被害者の一人とみなされるだろうと考えたというんだ。ウェディングドレスを着たままだというのに」

「それで、ジョアンナには何があったの？」アガサはたずねた。

「たれ込みがあったんだ――それが誰なのかはまだ捜査中だが――ジョアンナはカイリーのメールを調べているときに何者かに殴られ、その犯人はメールをすべて消去した。しかし、ジョアンナは殴られる前に犯罪の証拠となるメールを発見していた。ザックによると、ドラッグのことは何も言わないように、とカイリーにせっぱつまったメールをしたそうだ。

ジョアンナは何かをつかんだことを悟った。ディスコに行って、テリーにメールのことを話し、金を支払わないと警察に行くと脅した。それでテリーは彼女の首をへし折った」

「では、ミセス・アンストルザー＝ジョーンズの件は？」

「ドラッグでハイになって、人々に車で突っ込んでいって怖がらせるのを楽しんでいる若者たちの仕業だと思う。ちょっとやりすぎたんだろう。ザックはその件には一切関わりがないと否定しているが、テリーかあのウェインがあなただと思って、カイリーについて質問して回るのを止めさせようと考えた可能性はありますね」

「すっかり忘れていたことがひとつあるんです」アガサは言った。「カイリーは教会の青年グループのメンバーだったんです。そこで彼女について訊けばよかったと思って」

「警察はまるっきり無能じゃありませんよ」ブラッジは語気を荒らげた。「もちろんメンバーたちにも事情聴取しました。カイリーは一度出席しただけで、それっきり参加していないようだった。だが、母親は熱心なメンバーだと信じていたんです」

アガサは枕に頭を預け、額に皺を寄せた。「何かが欠けているわ。あるいは誰かが」

「どういう意味ですか？」

アガサはしばらく無言で寝ていた。それからこう言った。「フリーダ・ストークスに、カイリーは女の子の誰かと特別に仲がいいのかとたずねたら、ノーと言ったの。結婚祝いのプレゼントについて訊いたら、マリリン・ジョッシュはカイリーにTバックのビキニをくれたと言っていた。フリーダにとっては衝撃的なプレゼントだったにちがいないわ。娘のことを品行方正なバージンだと思っていたから。でも、実はカイリーがそれを本当にほしがっていたとしたら？　初めて彼女を見かけたとき、彼女はアンダーヘアのワックス脱毛をしていたんです。ザックにそうしてくれと言われたから、と説明していましたけど、もしかしたらハネムーンにその水着を着たかったからじゃないかしら。ねえ、いいですか」アガサは熱心に続けた。「マリリンもそれにからんでいたのかもしれないわ。彼女はカイリーのことをよく知っていたのかもしれない。ザックかテリーが、ヘン・パーティーのときにウェディングドレスをディスコに持ってくるようにカイリーにこっそり伝えろ、とマリリンに指示したのかもしれない。そうすれば、ドレスがどう見えるのか意見を言ってもらえるわよ、とマリリンは勧めたのよ」

「ザックはマリリン・ジョッシュのことは何も言っていなかった。しかし、調べてみよう。おや、ミセス・ブロクスビーだ」

ブラッジは立ち上がって帰ろうとした。

「わたしにお礼を言わないつもり？」アガサがたずねた。

「何に対して？　もう少しで殺されそうになったことで？　警察の仕事に首を突っ込んだことで？　告発されなくて実に幸運でしたよ。われわれが発見したとき、またあのウィッグをつけてましたね」

「ふん、恩知らず！」アガサは去っていく背中にわめいた。

「ずいぶんと礼儀知らずね、ミセス・レーズン」ミセス・ブロクスビーがたしなめた。

「当然よ」アガサはふくれ面で応じた。

「いつものあなたに戻ったみたいね」牧師の妻はベッド脇の椅子にすわった。「新聞やテレビで大々的に報道されているわよ」

「わたしのこと、どう言ってる？」

「何も、残念だけど。カイリーのことと、ジョアンナと大量のドラッグがディスコで発見されたことだけ」

「まあ、ずうずうしい！　わたしがいなかったら絶対に発見できなかったのに」アガサは不満をぶちまけた。「ジョンはどこにいるの？」

「あとで来るみたいよ」

「大変！　ロッカーからバッグをとってもらえない？　メイク道具が入っているの」

「いつ退院する予定なの？」ミセス・ブロクスビーはアガサに大きなバッグを渡しながらたずねた。

「明日よ」アガサは小さな鏡をとりだし、その中の顔をじっと見つめた。「ひどい顔」アガサはせっせとファンデーションを塗りはじめた。「額にできているのはニキビかしら？」

「わたしには何も見えないけど。チョコレートを持ってきたのよ」

「まあ、うれしい」アガサはチョコレートの箱を物欲しげに眺めた。チョコレートは好物だったが、ひとつチョコレートを食べるたびに、おなかがぽっこり出て、ヒップが大きくなる気がしたのだ。たんなる想像とはいえ、それが現実になったらと思うと恐ろしかった。でも、さんざんひどい目に遭ったのだから、少しぐらい食べてもいいだろう。

白粉をはたき口紅を塗ると、チョコレートの箱を開けた。「ひとつどうぞ」

「朝食をとってきたばかりなの」

「あら、いいじゃないの」アガサは勧めた。「一人で食べていると大食いみたいな気がしちゃう」

ミセス・ブロクスビーがひとつとり、アガサもひとつとって食べると、またもうひとつに手を伸ばした。

二人は村のあれこれについておしゃべりした。ミセス・ブロクスビーがとうとう立ち上がって帰っていったとき、アガサはチョコレートの箱がほぼ空になっているのに気づいた。ミセス・ブロクスビーはふたつ食べただけだった。

ジョン・アーミテージは午後に大きな花束を抱えてやって来た。アガサは念入りに観察した結果、ジョアンナに持っていった花束よりもわずかに高そうだと結論を下した。

「最新ニュースを聞いた?」ジョンはたずねた。

「いいえ、何があったの?」

「ラジオで聴いたんだ。バーミンガムのギャングを摘発したそうだ。テリー・ジェンセンに薬物を保管させていた連中をね」

「なのにブラッジ警部ったら、ひとこともお礼を言わなかったのよ」

「あなたに邪魔されたと思いこんでいるんじゃないかな。しかし、裁判では一躍有名になるだろう」

「そうかしら！　それこそ、わたしが邪魔しなかったら、ブラッジ警部はまだ犯人をつかまえられなかったでしょうね」

「それにしてもすごい事件だったね。体調はどう？」

「上々よ。明日、退院する予定なの」

「お祝いにディナーに招待するよ」

アガサは顔を輝かせた。「まあ、すてき。どこに？」

「オックスフォードに〈マ・ベル〉っていうフレンチレストランがあるんだ。ブルー・ボア・ストリートだよ。レストランの中庭にテーブルを出しているから、天気がよかったらそこに行こう。七時に迎えに行くよ」

ジョンが帰ってしまうと、ビル・ウォンがさらに花を抱えて現れた。「アガサ、事件後に病院にお見舞いに来なくてはならないような真似は、これを最後にしてくださいよ。まったくもう、危機一髪だったんですからね」

「ブラッジ警部ったらわたしに文句ばかりつけてるのよ」アガサは憤慨した。

「きのう牧師館を訪ねたんです。ミセス・ブロクスビーがあなたのことを心配していたおかげで助かったんですよ。ジョン・アーミテージが警察に連絡しようと決断しなかったら、今頃冷凍肉になってたところだ」

しかし、いつものように、アガサは非難を受け入れる気はさらさらなかった。警察がこれほど見事に事件を解決できたのは自分の鋭い推理のおかげだと、長広舌をふるった。

「ずいぶん高そうな花束だ」ろくに彼女の話を聞いていなかったビルはジョンの花束を指さした。

「ジョン・アーミテージからよ」アガサは得意そうに言った。「明日の夜はディナーに招待してくれたわ」

「用心してください」

「わたしはバージンじゃないのよ」

「隣人に恋をしたせいで、傷つき、やっかいな目に遭ったばかりなんですから」

「ジョン・アーミテージに恋をするつもりはないわ」アガサはきっぱりと言った。

しかし翌日、退院して、ミセス・ブロクスビーに古いモーリス・マイナーで家に送ってもらうあいだ、礼儀正しい会話をしていたものの、頭の中はその晩のディナーに何を着ていくか、という計画で一杯だった。

家に帰ると、店に飛んでいって新しい服を買いたいという衝動を抑えつけた。服はどっさり持っている。その場にふさわしいものを選べばいいだけだった。クロゼットの服を片っ端から試したあげく、深紅のシルクでスリットの入ったイブニングスカートと、襟ぐりの深いやわらかな白いシルクのブラウスに決めた。

その晩、ていねいにメイクして、香水をつけ、髪を艶が出るまでブラッシングすると、いつもよりも格段に見栄えがよくなった気がした。ジョンは七時にやって来て、二人はオックスフォードに向かった。暖かい晴れた夜で、新緑の葉が茂る木々から金色の木漏れ日が射している。まだ夏のじっとりした空気にはなっていなかった。

アガサにとって、今日のオックスフォードは、ひどい交通渋滞や物乞いや十四歳の酔っ払いがうろついている町ではなく、マシュー・アーノルドの言う「夢見る尖塔の都市」に思えた。

ジョンはレストランの中庭にあるテーブルを予約していた。食事とワインを一本頼んだ。二人は事件を振り返ってあれこれ語り合ったが、やがてジョンが言いだした。

「わたしの本を読んで、あまり現実味がないと考えたみたいだったが、どうしてなのかな？」

二人は二本目のワインを開けたところだった。アガサはほろ酔いだったし、彼に安心感を覚えていたので、バーミンガムのスラム街で育ったことを語りはじめた。ジョンは魅了されたように熱心に耳を傾けた。

必死になって逃げだそうとしてきた生い立ちについて、アガサはこれまで誰かに話したことはほとんどなかった。

語り終えると、ジョンはブランデーを注文し、それからテーブルに体をのりだして彼女の目をのぞきこんだ。

「どうかな、アガサ？」

アガサはとまどって見つめ返した。

「どうかなって何が？」

「二人で夜をいっしょに過ごすってことだよ」

そう言われてもまだ理解できなかった。「別の場所に行きたいってこと？」

「いやだなあ、アガサ。わたしの言っている意味はわかるだろ。別の場所っていうのはあなたのベッドだ」

「ずうずうしいわね」

「二人とも大人だろ」

アガサの自尊心はふだんからあまり高くなかったが、いまやぺしゃんこになった。スラム育ちであることを話したせいで、ジョンは段階を踏む必要などないと考えたのだ。アガサは立ち上がった。「ちょっと失礼」

彼女はレストランの店内に入っていくと、バーと食事客を通り過ぎて横手のドアから出ていった。ハイ・ストリートに通じる小道に出ると、タクシーをつかまえて乗りこんだ。「カースリー村に、モートン・イン・マーシュ近くの」

「かなり料金が高くなるよ」運転手が言った。

「いいから行ってちょうだい！」アガサは命じた。

ひどく動揺し、屈辱に打ちのめされ、涙も出なかった。ジョンは一度もキスをしようとしなかったし、愛情のしるしすら見せたことはない。ただセックスしたがっただけだ。お手軽な相手だと思ったから。

家に着くと、コンピュータを立ち上げ、マリアに気が変わったというメールを出した。「またぜひロビンソン・クルーソー島に行きたいわ。予定はいつ頃ですか？」

その晩遅く、ドアベルが鳴るのが聞こえた。きっとジョンにちがいない。頭の上まで上掛けをかぶった。しばらくベルは鳴っていて、そのあとは電話が鳴りはじめた。

アガサはベッドから出てジャックを引き抜いた。

マリアの返事を待って飛行機の予約をしよう。明日、コンピュータと着替えを詰めて、出発の日までロンドンのホテルに滞在していよう。ウスター警察には行き先を告げるが、誰にも言わないように釘を刺しておこう。

アガサは胸が痛かった。またもや猫たちを置いていかねばならないのだ。しかし、掃除を頼んでいるドリス・シンプソンが面倒を見てくれるだろうし、二匹はドリスにとてもなついている。

体じゅうが傷ついて痛むような気がした。

エピローグ

再びロビンソン・クルーソー島にやって来ると、アガサはマリアとカルロスといっしょにラウンジにすわり、雨雲が湾を覆っていくのを眺めていた。寒かった。ファン・フェルナンデス諸島の八月は冬だと認識しておくべきだった。

しかし、ここの雰囲気には平穏と癒やしがあり、心配事や厄介事をはるかかなたに置き去りにできるような気がした。マリアとカルロスは聞き上手で、アガサは何度も繰り返して話すうちに、何もかもが信じられないようなことに思えてきた。もしかしたら現実に起きたことではなかったのかもしれない。

「イヴシャムって、邪悪な町みたいね」マリアが言った。

「その反対でいい人ばかりなの。だからよけいに妙に感じられたんだわ」アガサは言った。

「それで、そのマリリン・ジョッシュも逮捕されたの？」

「ええ、新聞で出発前に読んだわ。警察はわたしにはずっと黙っていたのよ。わたしがテレビ局の人間だと偽っていたことを、警察は誰にも知られたくなかったんでしょうね。だから、わたしの手柄にはならなかったわ」

「たくさんの悪人どもが逮捕されたという栄光を手に入れましたよ」カルロスが指摘した。

「たしかに」アガサは同意したが、自分の努力が賞賛され認められたらずっとよかったのに、とひそかに思った。

カルロスが長い散歩に出かけてしまうと、マリアはたずねた。

「それで、元ご主人はどうしてるの？」

「ああ、彼とのことはもうすっかり終わったわ。わたしの人生のその章は幕引きにしたの」

「あなたを手伝っていた作家はどうなの？」

「彼、わたしを侮辱したの。二度と彼とは関わり合いになりたくないわ」

「どうして？」

「ディナーの招待を受けたの。彼、外見はとても魅力的なのよ。オックスフォードのレストランに行ったわ」アガサは言葉を切り、唇を嚙んだ。

「それで何があったの？」

「あなたには話すわね。わたしが読んだ彼の小説はバーミンガムのスラム街を舞台にしていたの。それで、背景が現実味がないってわたしが言ったものだから、なぜ知っているのかとたずねられたのよ」

「で、どうして知っていたの？」

真実を言ってもかまわないわ、とアガサは思った。こんなに遠くに来ているんだから。

「なぜってわたしはそのあたりで育ったからよ。そこから逃げだして、苦労しながら這い上がって、上品なアクセントを身につけ、お金と成功を手に入れた。だけど、生い立ちのことはずっと秘密にしてきたのよ」

「その理由がわからないわ」マリアは言った。「それはあなた自身がどんなに努力して成功したか、という証しでしょ」

「イギリスは前ほど階級主義じゃないけれど、わたしが子どもの頃はちがった。わたしはずっとどこにも属さないという気がしていたし、そのこと自体が一種の俗物根性を生むのよ。ともあれ、かなりお酒を飲んでいたので、彼にすべてを話した。そうしたら彼はわたしをベッドに誘ったの。きれいだとかの賞賛の言葉もなく、愛情のかけらすら見せず、欲望すら見せないのにょ。だから、貧しい生い立ちのせいで、わたしならいきなり誘ってもかまわないと考えたんだろうって思ったの」

　マリアは小さな仏像のようにすわって考えこんでいた。アガサの事件について、これまでの話を頭の中で振り返っていたのだ。

「たしか、あなたの若い友人のロイ・シルバーは、あなたと関係があるという印象をジョンに与えたんじゃなかった？　でしょ？」

「たしかにそうだったわ」

「だとしたら、あなたは火遊びをしている大人の女だと彼は信じているのよ。最近じゃ求愛したり、ご機嫌をとったりする男性は多くないのよ、アガサ。七〇年代からそうなっているの。女性誌のせいで、わたしたち女性は男性と平等だから、同じようにふるまうべきだと信じるようになったのよ。男性と同じものを手に入れることができるって。そうした風潮を覚えてる？　それに性感帯や売春婦のような性的技巧についての記事が、来る日も来る日も掲載されて、急にこれまでよりも女性は簡単にセックスに応じるようになったのよ。そのせいで異性間の求愛行動もすたれたわ。公共の乗り物で女性に席を譲る男性を最後に見かけたのはいつだった？　それも女性たちに責任があるのよ。ドアを支えてくれる男性を侮辱する女性だっているんだもの。それに主婦や母親の権威が失墜したわ。働かない女性は軽蔑されている。母親が働いているあいだ、子供たちは安くて愛情のないお手伝いさんに育てられるということがしじゅう見受けられるわ」マリアは嘆息した。「女性たちは自分たちを縛っている鎖を投げ捨てたものの、また別の鎖に縛られているんじゃないか、ってときどき思うことがあるわ。彼はあなたの生い立ちのせいで口説いたんじゃないと思う。彼も酔っ払っていたからよ。たぶん女性に対して、かなりうぶなんじゃないかしら。とはいえ、まだあなたはショックを受けているのよね」

「そうね」アガサは憂鬱そうに言った。

「彼に恋をしていたの？」

「いいえ、すごく冷たいし、人間味がない人だもの」

「じゃあ、彼を不当に評価しているってことはない？　彼は不幸な結婚をしたって言ってたでしょ」

「でも、わたしで憂さ晴らしをすることはないでしょ」アガサはむっとして言った。

「でも、今頃向こうは何もかも忘れてけろっとしているかもしれないわね」

「アガサについて何か聞いてますか？」ジョン・アーミテージはミセス・ブロクスビ

ーにたずねた。

「いいえ、彼女は旅行に行ったわ。猫たちは家に置いていって掃除婦に世話を頼んでいるみたいね。ドリス・シンプソンには行き先を告げたと思うけど、ドリスはとても忠実だし、アガサは誰にも言わないように口止めしたんじゃないかしら。死にかけたことで、ひどく狼狽したにちがいないわ。あるいは」と牧師の妻は言葉を続けた。「誰かに屈辱を与えられたのかもしれないわね。これまでもアガサは傷つけられると、決まってどこか遠くに逃げだしたから」

彼女は穏やかな澄んだ目でじっとジョンを見つめた。彼は居心地悪そうにすわり直し、かすかに赤くなった。

ミセス・ブロクスビーは小さくため息をついた。「あなた、何かしたんでしょ?」

彼は苦い笑い声をあげた。「オックスフォードにディナーに行き、かなりワインを飲みました。それで、いっしょに一晩過ごそうと提案したんです」

「ただ、そう言ったの?」

「若い娘じゃないんですよ」ジョンは弁解した。「それにあのぞっとする青年とも関係を持っているんだし……」

「アガサはロイ・シルバーと特別な関係だったことは一度もありません。アガサはとても繊細で、自分に自信がないの。しかも男女関係については、びっくりするほど古風なのよ。アガサは愛情や恋愛を求めているのに、あなたは一夜限りの関係を提案した。キスしたり手をつないだりってこともなかったんでしょうね？」

「最近の女性はそんなもの必要ないでしょう」

「女性は永遠にそういうものを必要とするでしょうね」

「アガサが戻ってきたら、罪滅ぼしをしますよ」

「ミスター・アーミテージ、彼女のことは放っておいてもらえない？」

ジョンはびっくりしてミセス・ブロクスビーを見た。

「何か償いをしないわけにはいきませんよ」

「それなら、簡単な謝罪ですむわ。だけど、恋をしているのでなければ、彼女を追いかけないでちょうだい」

「恋？」

「ええ、現代でも恋はまちがいなく存在するんですよ」ミセス・ブロクスビーはうんざりしたように言った。

ウスターのオフィスで、ブラッジ警部は良心が疼いていた。最初からアガサに調査を禁じるべきだった。彼はこの地方でもっとも優秀だと考えているウースター警察署の一員であることを誇りにしていた。なのに、今、些細な過ちを隠蔽しようとしているる。もちろんアガサの変装については表沙汰になったので、上司には首を突っ込まないようにとアガサに警告した、と正直に説明した。しかし、最初に厳しく警告しなかったことは黙っていた。あの女性はどうして合法的にやらないのだろう？　自分で探偵事務所を設立すればいいのに。ライセンスをとる気はないのだろうか？　こちらから提案してみてもいいかもしれない。

アガサはサンティアゴ行きの小型プロペラ機に乗りこんだ。ロンドン行きの便に乗る前にサンティアゴで一泊するつもりだった。友人たちに洗いざらい胸の内をさらけだし、癒やされた気がしていた。

ついに男性から、強迫観念から自由になったのだ。今後は自立した女性として生きていこう。手始めに、ハイヒールをはいたり、ウエストラインを気にしたりすることはやめ、歩きやすい靴をはき、着心地のいいゆったりした服をまとうつもりだった。メイクをしていないアガサの顔はつやつやしていた。

機長が計器盤の前にすわった。びっくりするほどハンサムな男性だ。思わずメイク道具を出そうとバッグを探ったが、思い直した。お肌が呼吸するチャンスをあげなくちゃ、と自分に言い聞かせた。

サンティアゴでは、ホテル・フンダドールの装飾過多のスペイン風の部屋に泊まった。ホテルのレストランで堅苦しい食事はしたくなかったので、その晩と朝に必要なものだけをスーツケースからとりだすと、オイギンス・アヴェニューのカフェに行った。西英辞典を開いて、壁に貼られた色つきカードの料理を翻訳しながら、ローストラムとアヴォカドサラダ、ビールを注文した。

胸が痛むほど小さな美しい子どもたちがカフェに無理やり入りこんできて物乞いをしようとし、追い払われている。音楽が大音量でかかっていた。外の通りではたくさんの人々が行ったり来たりしている。寒くて晴れた夜だった。

料理が運ばれてきた。安いだけではなく、おいしかったのでアガサはうれしかった。彼女は幸せで、リラックスしていた。悩みも不安も執着もなくなったようだ。

アガサはビールのグラスを唇に近づけた。

そのとき、人混みの中をジェームズ・レイシーが通り過ぎた。

アガサはグラスを音を立てて置いた。あのしなやかな歩き方はどこにいても見分けられる。バッグをつかみ、ドアから飛びだすと追跡にかかった。支払いをせずに客が逃げだしたと思ってウェイターが叫んでいるが、無視した。

群衆の中に飛びこみ、ときどき見失いながらも、はるか前方の黒髪の頭から視線を離すまいとした。道がすいてきたので、思い切り走りだした。

アガサは彼に追いつき、腕をつかんだ。「ジェームズ！」息を切らしながら叫んだ。

まったく見知らぬ人が振り返り、困惑した面持ちでアガサを見下ろした。

アガサは真っ赤になってあとずさった。

「ご、ごめんなさい。ひ、人ちがいでした」

彼から離れると、急いでカフェに戻っていった。戸口に立っていたウェイターは彼女が戻ってきたのでほっとしたようだった。

お勘定を頼むと、ウェイターは食べかけの料理を手で示したが、アガサは首を振りレジで支払いをした。

それからゆっくりとホテルに戻っていった。

部屋に行くと、ベッドにうつぶせに倒れこんだ。

「ああ、ジェームズ。どこにいるの？」

朝になると、部屋のデスクに向かい、ホテルの便箋を使ってベネディクト修道院気付でジェームズに手紙を書いた。もっと前に思いつけばよかった、と悔やんだ。もちろん、ジェームズはあそこにいるはずだ。マリアの疑問のせいで、修道士になると嘘をついたのかもしれない、という不安が頭に入りこんでしまったのだ。

手紙は短く陽気な文面にし、自宅宛に近況を知らせる手紙を送ってほしい、と結んだ。それから荷物を詰め、ボーイに運んでもらうように手配すると、フロントに下りていって手紙を投函してほしいと頼んだ。

ジェームズがどうしているかを知るために行動を起こしたせいで、ぐんと気分がよくなった。こうしてアガサ・レーズンはイギリスへの長い帰路についた。

訳者あとがき

〈英国ちいさな村の謎〉シリーズ十二作目『アガサ・レーズンと七人の嫌な女』をお届けします。今回はタイトルからお察しのとおり、アガサが殺人事件の調査で七人の嫌な女たちと次々に渡り合う、というアガサファンにとっては願ってもない（笑）場面が満載です。

アガサはジェームズとの離婚によって傷ついた心を癒やすために、旅行会社の担当者に勧められたロビンソン・クルーソー島という南太平洋の孤島に向かいます。はるばるチリのサンティアゴまで行き、そこからさらに小型飛行機に三時間も乗り（現在では二時間程度のようですが）、さらに小型ボートで一時間半揺られるという辺鄙《へんぴ》な離れ島ですが、アガサは島に来ていた人々と仲良くなり、つらい胸の内を吐きだし、かなり元気を取り戻してイギリスに帰ってきました。

しかし、アガサが帰ってきてまもなく、イヴシャムの町は洪水に見舞われ、川が氾濫して道や住宅が水浸しになります。ピラティスのためにイヴシャムに出かけたアガサは浸水のせいで通行止めに遭い、好奇心から増水した川をのぞきこんだとたん、息をのみます。ウェディングドレス姿の女性が流されていったのです。

好奇心に駆られたアガサは、さっそく調査にとりかかろうとします。今回はいつもいっしょに聞き込みをしていたジェームズはいないし、チャールズはフランス人女性と結婚したばかり。しかも、結婚式の招待もなく連絡もなく、社交欄の記事を読んで結婚を知ったので、アガサは憤慨します。というわけで、かつての部下ロイをロンドンから呼び寄せ、二人はテレビ番組を企画しているという触れ込みで、亡くなった女性の婚約者の父親が経営するディスコをはじめ、犠牲者の同僚女性たちに次々に話を聞きに行くのです。

この同僚女性たちが強者ぞろいで、アガサも唖然とするほどの「嫌な女」たちなのです。テレビ番組の制作をしているという触れ込みでなかったら、きっとアガサは途中で怒りを爆発させ、思い切り言いたいことを言っていたのでは、と思います。今回のアガサは何度もぐっと気持ちを抑えることになり、その姿に心から同情しました。

また、ジェームズの住んでいた家には、ついに新しい隣人がやって来ます。ジョン・アーミテージ、年齢五十三歳ぐらい、イケメンのベストセラー作家、バツイチ、とアガサのお相手としてうってつけのように見えますが、なかなかそうすんなりとはいきません。なにしろイケメンなので若い女性にもて、アガサにはまったくその気がない様子。アガサの友人のミセス・ブロクスビーは、またもやアガサが隣人に恋をして傷つくのではと、はらはらするあまり、聖職者の妻らしからぬ行動に出てしまいます。アガサはアガサで、ほうれい線や唇の上の皺から自分の年齢を強く意識するようになり、どんな男性からも見向きもされなくなったと落ち込んでいます。ほぼ同世代の女性として、訳者もアガサの気持ちが痛いほどよくわかりました。

そして今回もアガサは事件を解決するために無謀な行動に出るのですが、アガサの活躍ぶりはどうぞ本文でお楽しみください。

次作の十三作目 *Agatha Raisin and the Curious Curate* では、本書のラストで男性不信に陥ったものの、アガサは村にやって来たイケメンの新しい副牧師に心を奪われます。そして副牧師にディナーに誘われて二日酔いで目覚めた朝、彼は死体で発見され、またもやアガサは第一容疑者になってしまうのです！　自分の容疑を晴らすために、アガサはどんな活躍ぶりを見せてくれるでしょうか。二〇一九年十二月にはお届けできる予定ですので、しばしお待ちください。

コージーブックス

英国《えいこく》ちいさな村《むら》の謎《なぞ》⑫

アガサ・レーズンと七人《しちにん》の嫌《いや》な女《おんな》

著者　M・C・ビートン
訳者　羽田詩津子《はたしずこ》

2019年　6月20日　初版第1刷発行

発行人　成瀬雅人
発行所　株式会社　原書房
〒160-0022 東京都新宿区新宿 1-25-13
電話・代表　03-3354-0685
振替・00150-6-151594
http://www.harashobo.co.jp
ブックデザイン　atmosphere ltd.
印刷所　中央精版印刷株式会社

落丁・乱丁本はお取り替えいたします。
定価は、カバーに表示してあります。
 ISBN978-4-562-06095-5 Printed in Japan